孙 睿 / 著

作家出版社

孙睿

北京电影学院导演系硕士毕业，写小说为主，也写剧本。已出版长篇小说《草样年华》系列、《我是你儿子》、《路上父子》、《背光而生》等及小说集《酥油和麻辣烫》，首届《当代》杂志年度青年作家。

比萨斜塔能成为最有名的塔，

不光是因为斜，

而是——斜而不倒。

目录

一、大致经过

1

一条漏水的铁船。

船帮搭着破渔网，织物纤维已经腐烂，一揪就断。船身倾斜，半埋在沙地里，露天的船舱底部积着雨水，水洼里长了一层青苔，蠕动着一片红色的线虫，红绿相间，在透过锈烂的船舷射进来的阳光照耀下，格外扎眼。

是条遗弃很久的船。

正在涨潮。海浪在二十米外的地方肆意翻滚着，像拴了绳子的狗，无论多么努力，也够不到绳子拉直以外的东西。铁船安然无恙。

北萨老师解开背包，拿出小铁铲，俯身刨开沙子，露出被掩埋的船底。伏在船尾，像做俯卧撑一样，用力一推，船没动。更用力一推，重心前移，船在沙土上前移了几寸，离面前那片海洋又近了一步。积水一晃，从船底板漏眼儿的地方流了出去。

人只能顺应天意。接下来北萨老师需要做的，就是带儿子来这儿，不动声色地坐进这条漏水的船，然后出海。

但那是明年暑假的事情，现在他准备返程，学校快开学了。

临走，北萨老师举目环望，四下无人，一片荒芜。这条船明年应该还会在这里，只是更破一些，漏洞更多了，正好。

回程要三天。途经东方、海口、徐闻、湛江、茂名、肇庆、佛山、广州、韶关、郴州、长沙、岳阳、武昌、郑州、石家庄，最后是北京。下了火车，还要换乘另一趟北上的列车，再坐八个小时才能回到县上。

作为东北某县城的地理老师，途经的这些省市让北萨不会觉得旅程乏味。从热带穿越到亚热带、暖温带，最后进入中温带，从热带海洋性季风气候区到半湿润大陆性季风气候区，体感和视觉变化之丰富足以让北萨将这三天的旅途当成是一堂生动的地理实践课。特别是火车跨海，车厢通过栈桥被运上轮渡，拆成一节一节，装进船舱，在大海上漂浮，到了另一片陆地，这是内陆人无法想象的。北萨老师一去一回，两次越海，还拍了照片，回学校可以作为教案，在地理课上展示，换来学生们钦佩的目光。在上个世纪互联网尚未出现在民间的九十年代初，北萨老师身体力行在为人师表不纸上谈兵上做出表率，屡获县优秀教师称号。

最近几年的暑假，北萨老师都会去一座海滨城市。他说教好地理，最好的办法就是把地理书上提到的地方都去一遍。回到学校，他会在课堂上和学生们分享旅途见闻，提供生动细节帮助学生记住涉及的地理知识。但此趟三亚之行，他打算守口如瓶。

每年开学，北萨拎着旅游地的特产走进办公室的时候，总被问到又去哪儿采风了，他会如实回答，并把手中的特产分给同办公室的老师们。这回北萨空手进了办公室，满怀期待的老师们不免有些失望，却没人问北萨去哪儿了，免得有讨要特产之嫌。

校长路过，作风亲民，开学伊始，推门而入，问候大家。不谙办公室规则，看到北萨晒黑了，不无褒奖地问道：老北，今年去的是哪儿？

大家的注意力统一转移到北萨身上。

"去了趟意大利。"

"意大利？"

"看北萨斜塔，为什么不倒。"

气氛凝固。

北萨姓董。北萨是他外号的简称，全称是北萨斜塔，淘气的学生根据身形给他起的外号。原版的比萨斜塔在意大利，老董这个高大而微倾的体形勉强算个山寨版的，所以被学生唤做"北萨斜塔"，就像有的品牌叫"abidas"和"HIKE"一样。外号起了已有多年，在全校叫开，都是背地里。

刚才校长竟然直呼老董为老北，显然是心里承认了这座"斜塔"，老董当然不悦。但老师们没想到老董会这样回答校长，不像以前的他，气性大了。

老董故意的，堵旁人的嘴，别再多问。其实老董买了特产，鱿鱼片，只给了五年级的儿子吃。

2

儿子出生前，老董的背还没驼，也尚未跟斜塔建立联系。他为了爱情，来到这座县城，女方是工农兵大学的同学，家在这儿。老董一路过关斩将，考取了县中学的地理老师。这里是一座平凡的北方小城，和本省其他人口未达百万的居住地一样，四季分明，时而酷热似火，时而凛冽寒冷，经济和文化都有点儿落后，视觉上也总有种暗淡之感，唯一能使人透口气的地方是郊区的一片水库，偶有水鸟和船舶等人间亮色掠过。

老董那时候还是小董，在评为优秀教师之前，先被县篮球队选为了中锋。身高一米九二的他，能像电视上的NBA球星一样，把球扣进篮筐，参加了关东地区区县篮球联赛。小董走在路上，高出别人两头，大家都仰望他。作为地理老师的小董，带动了全校乃至全县的篮球热，让本县人民有幸目睹扣篮是什么样。小董还上过大学，是这所中学历史上第一个拥有大专学历的副课老师。他成为仅次于县长被全县人民熟知的人。

德智体美全面发展的小董，任教两年后分到一间宿舍，也在县里落了户，和女同学结婚了。女同学在这所学校教语文，做同学的时候嫌小董个儿太高，过于另类，没答应，现在终被他的执着打动。小董的个儿当然也没白长，没少为她家换煤气搬大白菜。

婚后一年，儿子出生。同事们开始管小董叫老董。老董要照顾孩子，没时间打球了，县篮球队的中锋高度降到一米九以下。因见不到本队场上再出现扣篮动作，县体育馆篮球赛的上座率也因此骤降。

孩子的妈不满足于只念个工农兵大学，要考研究生，开始复习，照顾孩子成了老董一个人的事情。孩子四岁的时候，孩子妈文学硕士毕业，受新思潮影响，不愿当妈，热衷以诗歌的方式探索人类终极问题，在印着中学校名的稿纸上写下一行行文字，寄给各个文学编辑部，时不常印成铅字，被人看到，结交了不少笔友。她每月都要去趟县城火车站，从这里出发，奔往全国各地，参加文学青年的笔会，有时候还参加文学创作培训班，一走就是几个月。带孩子更成了老董一个人的事儿，也指不上孩子的姥姥姥爷，他们在给孩子妈的二姐看孩子，是对双胞胎，顾不上别的子孙。

老董带上孩子，知道了该怎么跟小孩打交道，也就越来越会讲课，被选为优秀教师。还当了班主任，通常班主任很少让地理历史这样的副科老师担任。

孩子妈在外地的创作班上结识了新同学，学会了喝咖啡，回到家，发现和老董没感觉了，觉得对不起他，长痛不如短痛，同时也为了追求新幸福，提议离婚。她说，孩子随你的姓，就跟你吧。老董答应了。孩子妈离开了县城。

老董也想过带着孩子离开这里。人走容易，户口走难，户口不走，算不上走。干脆就不走了，他现在是全县优秀教师董老师，孩子也快上小学了，县教委许诺，只要留下，孩子高中以前的学校不用他操心。去了别的地方一切还要重新开始，老董留在了这座原本他并不知道还有这么个地方的县城。这就是他的家。

半岁的时候，孩子每天给他表演吃脚，柔软地把藕节一般的腿搬到胸前，将近乎透明的脚指头塞进嘴里，眯缝着眼睛呵呵笑，啃完左脚啃右脚，逗得老董忘掉了篮球场。家里又多了一座游乐场。

两岁前，老董那双能抓住篮球的大手，能一把攥住孩子的小腿。夜里孩子总蹬被子，老董就一整夜攥着孩子冰凉的小腿，不让他凉着。第二天醒来，老董的手心也是热的。

四岁的时候，孩子在幼儿园学到要帮家长干活，回来就把家里的地给扫了，摔坏了老董的篮球奖杯。看着试图让奖杯复原而急出一脑门汗的孩子，老董觉得这是老天给他的一座活奖杯。

老董愿意一天天看着孩子长大，愿意一个人和孩子留在这座县城。即便这个孩子有些不正常。

3

县城当时还没有蒙古症这个说法，更不知道何谓唐氏婴儿，只有一种通俗的说法：弱智儿。出生时，孩子的相貌就跟别的婴儿不一样，眼距宽，鼻梁低。随着年龄增长，不一样愈发显著，个头变大，眼距更远了，嘴唇开始外翻，鼻子还维持在原高度，谁看都觉得这孩子智商一定有问题。

孩子妈也是因为这个原因，才决定考研，走上文学女青年的道路，努力发表作品，有了在县城抬起头的勇气。随着知名度提高，这个孩子和她的身份越来越不相符，只能一走了之。她还给老董留下另一句话：你追到这儿和我结婚，生下这个孩子，接下来的事儿也都你来管吧！

老董和孩子成了县里的一个笑话。

老董没带孩子离开，不仅仅是因为县教委对孩子上学给出承诺，他是县历史上第一高度的中锋，被誉为最能扛的人，不愿意被人说是外强中干——如果走了，谁都想得到他为什么走，并赋上灰溜溜的色彩。

况且孩子带给老董的喜悦，远胜于带来的麻烦。躺在床上给孩子读故事书的时候，孩子的小圆脑袋扎到他的腋窝，专注地跟他一起盯着书看；腋窝也愿意被孩子的脑袋填满，似乎这是造物主最好的凹凸组合作品。

每次将睡未睡的时候，孩子躺在老董身边，搂着老董的脖子，像抚慰小动物一样摩挲着老董的脖颈，那里有胡楂儿一样不长不短的头发，扎手。孩子触摸着这些发根，仿佛在试探这个世界。老董觉得此时自己待在这儿，不仅仅是种责任，更是种享受。孩子的小手充满爱意，让独在他乡的老董起了一身鸡皮疙瘩。

黑暗中，孩子带着温度的鼻息扑在老董脸上，有种小孩特有的奶味。老董闻着，觉得面前就是一块精致漂亮的奶油蛋糕。别人不懂。

如此馈赠，怎能辜负。

当一只小动物养又能怎样？

于是，每天清晨县城的路上会出现一个奇特的身姿，一手扶车，一手置于头上，扶着脖子上"呵儿喽着"的小男孩，在幼儿园门口把孩子放下，然后自己骑自行车去上班；黄昏时分，上述事件反过来进行一遍，最终以老董从头上抱下儿子走进家门结束。

老董本来就高，脖子上再骑个面目怪诞的孩子，标志性极强。县城主要街道就一条，大人上班小孩上学都经过这条街。老董更有名了。

教委兑现承诺，县小学接收了孩子，七岁如期入学。多一个教不好的孩子，比起留住一个好老师，是以小博大。

小学是人一生遇到不平等事情的开始。凌辱弱者，建立自己的优越感，大人未必会做的事情，小学生做起来心安理得。老董的孩子入学没一个月，被人嘲笑是傻子。孩子大哭，激动得倒地打滚，口吐白沫。

老董这才知道，孩子还有癫痫。蒙古症的并发症。升入二年级前，发作了五次。

老董的压力更大了。

越想压垮他，他越硬挺地扛着，生龙活虎，一副跟生活死磕的劲头儿。他又回到篮球场上，参加学校的比赛，和老师们打，和学生们打。每天"呵儿喽着"孩子，锻炼了腿部力量，小腿肚子的肌肉鼓鼓的，像塞进一个台球，旱地拔葱，跳起来依然能揪住篮筐。防守的时候，他站在那儿，像座塔，别人休想靠近篮下。生活的压力被老董发泄在球场上，能扣进去的球，他决不投。学校的篮筐被他扣坏好几个，体育组也知道董老师扣篮不是出于篮球场上技战术的要求，而是出于个人目的，会默默地把坏了的篮筐换掉，不让他赔，下回扣坏了再换。

生活给你一个嘴巴，你要更狠地扇回去。老董除了打球，还如饥似渴地阅读，很快便在中青年教师中脱颖而出，成了年级组组长。

老董无论讲课还是批改作业，都极认真，甚至帮学生改地理作业的错别字。有个学生放学不回家，老去书摊儿租阅署名古尤和全庸的武侠小说，书中的武林世界里女魔头林立，字里行间散布着情色，老董没收了他的书籍。之后该学生另寻他欢，又去游戏厅玩赌博机，老董把他揪出来，用这学生未必能听懂的话教育道：你要对得起自己的生命！学生不听，还去，他就走进游戏厅，照着学生的屁股就是一脚：将来你要后悔的！家长知道了，说老董教育得对，下回不仅可以动脚，还可以动手。

老董很痛惜，这个学生有健康的身体，却过不健康的生活。

都觉得老董可惜，才艺双全人品正，摊上这么个儿子，单身了这么多年。有好心的同事，觉得世界上一定存在善良的姑娘，便给老董介绍对象。前面的条件听完，姑娘们都想见见老董，但一提傻儿子，她们退缩了。好心同事不甘心，又从离过婚的女人里找。有阅历的女人更是对老董敬而远之，她们都真刀真枪参与了婚育且身负重伤，不宜再添新痕。

新分配来一个女大学生，本科学历，广西老家，学识人品都不错。不光本校单身男老师追求她，县里各行各业有谈恋爱需求的男青年都想认识她，但是见了面，都被吓到了。这位年轻的女老师脸上有道疤，半尺长，平时用头发遮着，扭头的时候会露出来，触目惊心。

女老师姓范，热心的大龄老师觉得小范一个人在县

城漂泊，不容易，撮合她和老董认识。小范老师没拒
绝，和老董见完第一次，又约了第二次。她自己清楚，
不是对能接受老董的孩子有信心，只是为了试试能不能
治好大学毕业时所遭受的情伤。不仅伤在心里，也伤在
脸上。

第三次见面是在老董家。老董炒了菜，开了两瓶啤
酒，小范老师也喝了。蒙古症的儿子陪着吃，笑眯眯地
看着小范老师。小范老师觉得，孩子这种情况，只是傻
点儿，不影响两个人生活，倒也不是障碍。

孩子吃完饭就进里屋睡觉了。成为年级组长后，老
董的房子也从一间半平房变成两间半，还有一个小院。
老董和小范老师在外屋聊天，敞着门，夜虫窸窸窣窣的
叫声若有若无。老董从学校里的事儿聊到县里的事儿，
又聊到县外的事儿和世界上的事儿。小范老师充满敬意
地看着老董，觉得他懂得可真多，托腮听他侃侃而谈。

停电了。点上蜡烛，接着聊。

烛光映红两人的面庞，老董窥视到小范老师头发下
面的那道疤，若隐若现，并没有传说的那么吓人，倒让
人心生怜爱。小范老师发现屋里最亮的不是蜡烛，而是
老董的那双眼睛，并不像年近四十的人的眼睛，里面的

活力，完全就是走出校园不久的男生所特有的。

两人因昏暗而害羞，也因昏暗多了勇气。手握在一起，老董的肩膀靠向小范老师，两人的脸越来越近。能看清小范老师脸上的汗毛，被烛光勾出一层金边。先亲嘴，亲完嘴再亲那道疤，老董这样想着。

闻到了小范老师的酒味儿，两张嘴已经贴上一毫米，嘴唇的温度传递过来，再靠近一点儿就能获得对方嘴唇质感的认知了。

儿子突然从里屋出来，光着膀子，看见老董探着身子把脸粘在小范老师的脸上，就问：

爸，你干吗呢？

没事儿，回去睡觉。老董不想毁掉来之不易的气氛。

蒙古症的特征是性情温和，听话。孩子出来是要撒尿的，却乖乖地按老董说的，又回去了。但是尿回不去，刚进屋，就尿裤子里了。癫痫病一受刺激就容易发作，孩子又躺在地上，连蹬带踹，面红耳赤，吐出白沫。院里的鸣虫吓得不敢再出声。

一个美好的夜晚因此而变了味儿。

第四次见面是在水库。湖浪拍打着人工堤坝，水花溅在他们脚下。小范老师塞给老董一份托儿院介绍，那里接收身体或智力残疾的儿童，可长期托管，她让老董打电话了解一下情况。

老董没有打电话，也没再约小范。说媒的老师找到老董，先赞美了老董的爱子之心，随后又开导老董，让他替自己想想，眼瞅着四十了，再过二十年就退休，算是老人了，能把握的生活已经不多了。小范正是谈婚论嫁的黄金年龄，她不会把自己耗老了再嫁。对老董来说，过了小范这村，更不见得能遇到好店了。

道理老董都懂。就是舍不得孩子。他只是不知道怎样说服自己。

和小范喝啤酒的那个夜晚越来越遥远，记忆却越来越清晰，每晚都从老董心底泛起。他觉得自己像一块豆腐，越冷越硬实，有点温度就会变软，暖和过头，则容易馊。孩子的妈离开他那一刻起，他感受到越来越重的寒意，而和小范双唇挨在一起的一瞬间，开始解冻了。

一个理由渐渐浮出水面：如果自己死在孩子前面，他日后将面临更大的痛苦——要让他学会独立生活。

老董把孩子送到接壤城市的托儿院后，换了一箱啤酒，又约小范老师来吃饭。

小范穿上一条连衣裙，踩着新买的凉鞋，走进老董的家门。她看见桌上打开的啤酒和一根崭新洁白如羊脂的蜡烛。

天公作美。及时停电。啤酒喝够了，蜡烛点着了。火焰下方的蜡油熔化成液态，眼前的世界变得酥软。

老董拉上窗帘，时间不早了，别耗太晚，明早两人都有课。

门却在这时候响了。儿子被托儿院的老师送回来，想家，又哭又闹不睡觉，吵得其他孩子不得休息。

老董抱着儿子，满心愧疚地看着小范老师提上凉鞋，消失在院门外。

从此，老董在学校躲着小范老师走。

小范老师开始又一轮相亲。

老董想把孩子当小动物养，但别人不认为他养了一只小动物，只知道他养了一个傻孩子。年级组长，全校最有才华的老师，却有个会吐白沫的傻儿子。

会扣篮又能怎样，在篮筐底下就算是塔，也是"北萨斜塔"！疤瘌脸的女人都不会跟他！那个玩赌博机被老董踹过的学生私底下这样评论老董。

"北萨斜塔"就这样被叫开了。先在学生中间传播，随后普及到教师队伍。

老董又不怎么打球了，开始失眠，一根接一根抽烟，忧愁地坐在床边，看着这个越来越大的儿子。北方冬天干燥，皮肤容易痒。儿子总喜欢让老董给他挠着后背睡，睡着了都要挠，老董的手一离开，他便能觉察，在这件事情上一点也不傻，隔着衣服还不行，要求老董：伸进去挠。

从这时起，老董开始驼背。形象地配合着"北萨斜塔"这个称号。

每晚老董俯着身，给儿子挠着后背，思念着小范，背越来越驼。一个人的夜晚冰凉如水，老董下定决心，又约了小范老师。

4

暑假了，老董要进行地理实践，带着孩子出了门。结果一个人回来，孩子不见了。

去的是蓬莱，山东的一座海滨小城，以海市蜃楼闻名。老董说那种梦幻的奇观一出现，眼前一阵眩晕，所有人都往海上看，等他想举起孩子让他看清楚点的时候，孩子已经不见了。

老董报了警，在当地的日报晚报登了寻人启事，回来也在县城报纸刊登了启事。有人问老董，孩子丢在外面，干吗在家门口的报纸登，老董说让家门口的人都知道一下，无论什么时候大家外出看见了这孩子，就告诉我，找孩子不是一天两天的事儿。

这样仍无法排除对他故意把孩子弄丢的怀疑。派出所找老董了解情况，做了笔录。

丢了孩子的老董，更像比萨斜塔了。站在讲台上倾斜着，心不在焉。回到家，照着镜子，他以为头发上落了粉笔灰，蘸湿了毛巾擦，越擦越白，泛着银光，白头发已经在脑袋上长了出来。

半个月后的一天，老董正给学生们上课，写着板书，粉笔突然断了。老董顺着粉笔头跌落的方向一扭头，看到派出所的人带着孩子站在教室门口。

老董走下讲台，眼圈红润，抱起孩子。派出所的人说，孩子在海边看见卖棉花糖的三轮车经过，就追了上去，追着追着，到了码头。那儿停着一艘游船，又莫名其妙上了船。船是从烟台开来的，离开码头，回了烟台。辗转几圈，烟台派出所联系上这里的派出所，孩子接回来了。

伽利略回来了！给老董取外号的学生冒出这么一句，企图讨全班一笑。"伽利略"是他给老董儿子取的外号，因为儿子总骑在老董的脖子上，宛如伽利略登上比萨斜塔。

老董把手里的另一截粉笔头准确地扔向那个学生，送给他一句话：学不会尊重，不配做人。然后把儿子放在脖子上，"呵儿喽着"走出教室，问儿子：想去哪儿玩？

很快范老师就结婚了。丈夫是个渔民，县城有片水库，家中世代打鱼。

没人再给老董介绍对象了。老董一心教学，每年暑假仍进行地理实践，把孩子寄放在同学家。伽利略班上有个女班长，思想端正，不欺负同学，和伽利略相处融洽。她爸正好和老董在一个学校，一起打球，勇于帮老董分担。

老董一个人天南海北地跑，把教好地理当成毕生事业，人总得给自己找个寄托。大家同情又钦佩。

全省推行新的会考制度，老董被省教委选出来参加高中地理会考的出题和阅卷工作。这是学校的荣誉。学校的初高中地理课，都愿意安排他教。

眼看孩子小学毕业了，校长找到老董：初中来这儿上吧，离你也近，方便。学校只能这样表彰老董。

但小范也在这学校。她刚刚离婚了。

县城没有秘密。结婚三年，小范生不出孩子，是块盐碱地。渔民渴望传宗接代。

小范提交了离职申请，准备离开县城，回老家开始新生。

老董又约了小范。两人已无避讳。

不走行吗，给我一年时间。老董说。

我已经快三十了。范老师说。

就一年。

一年后能怎样？

不知道，但我愿意用一年迎接一个也许不一样的一生。

小范和学校又续了一年合同。

这年暑假，老董的地理实践选择了三亚，开学后他要给学生上海洋和气候的课程了。九十年代中期的三亚湾还不是旅游胜地，更没有那么多东北人，主要人口由当地的黎族、苗族和回族构成，打鱼为生，区域内动植物资源丰富，没有其他生产力。

老董走在中国最南端的海岸线上，在空无一人的沙滩，发现一艘漏水的船。他根据这艘船想象了某种生活的可能性，然后买了一大包鱿鱼片回了县城，没给同事们捎特产，鱿鱼片只给了儿子。

5

老董当班主任的班级，开学就初三了，黑板上写着中考倒计时。老董知道，那也是给他的倒计时。

带毕业班，早晚自习老董都陪着学生上，安排儿子在旁边的空教室写作业或睡觉，等他下课后一起回家。

这一年邻居觉得老董家伙食标准提高不少，总能闻到煎炒烹制的香味儿。儿子吃得越来越胖，老董却越来越瘦。

带毕业班压力大，他这样说。

学校有个鼓号队，儿子看了演出，也要学打鼓。老董给儿子买了小军鼓和鼓槌，给家里的墙壁贴了隔音海绵，让孩子练习，还请了老师。等孩子敲累了，睡了，他才开始备课。

儿子过生日，老董买了一个双层奶油蛋糕，让儿子可劲儿吃。儿子吃撑了，蛋糕还剩一多半。老董把剩下的奶油抹在孩子脸上，让他背上小军鼓，给他拍了一张照片。十三岁的儿子在照片上笑得很开心，有种不正常的开心，让熟知背后故事的人不由自主替这孩子的家长捏把汗。

儿子能配合"欢迎欢迎热烈欢迎"的口号敲出鼓点的时候，毕业班的学生开始了模拟考试。有个学生写了一篇《好人一生平安》的命题作文，语文老师拿给老董看。原来是写他的，学生觉得董老师就是个好人。老董在作文后面留言：当个好人并不容易，我做不到，你们加油！

之后，迎来中考和暑假。老董照例出门进行地理实践，这回带了儿子。老董说，儿子马上初二了，也得学地理。

范老师站在老董家门口，说，一年了。

老董说，再等我一下，最后一下。

三个月过去了，范老师并没有等来什么，老董父子的身影从他俩离开县城后也没再出现过，莫名消失。

又过了三个月，在结束了一个学期的课程后，范老师辞职，收拾了东西，于春节前回了广西老家。

二、后来

1

以上老董来到这座县城又从县城消失的经过，是一位叫马冬的年轻刑警自告奋勇带人搜查了老董家后递呈的分析报告。

老董的人间蒸发使得学校报了警。马警官主动请缨，进了老董家。桌子一摸，已经一层土，水表电表也是半年前的数，种种迹象表明，这半年老董确实没回来过。未找到任何老董去向的直接线索，但马警官提供了一个思路：老董应该是甩掉儿子，去找范老师结婚了。

他的理由是，在老董家发现的相册里，收集着老董这些年暑假去各地的火车票，唯独没有去年暑假的，也就是范老师离婚后要离开县城那一年的。那年没人知道老董去了哪儿，而往年老董去了哪儿都会在课堂上讲出来，这是第一个蹊跷的地方。疑点二是，随后的暑假，老董带儿子出行，便一去不返，可老董之前都是独来独往，所以这次同行的意义，就像扔垃圾要带着垃圾出门一样。不得不让人联想到的另一件事情是，老董的第一次地理实践，也带了儿子出门，结果儿子就丢了，能回来纯属意外，这时候老董已经认识了范老师。老董还在本县报纸刊登寻人启事，此举对把人找回来效果甚微，更是为遮人耳目，让县里人知道他并不希望没有这个孩子。结果孩子回来了，老董不得不另寻他计。此后，老董开始一个人出门。也就是说，老董这些年每次海滨城市之行，与其说是地理实践，不如说是在找一个更适合让儿子消失的地方。

终于，他选择了三亚的海边。既是时间决定的——承诺范老师的期限；也是地理条件决定的——这里的洋流方向是自北向南，南边就是公海，便到了天涯海角。如此逆推，老董前一年暑假的神秘之旅，应该是一个人去三亚探路了。

马警官在老董家也有所斩获，找到一张鱿鱼片的塑料包装，鱿鱼的图案被剪下来贴在冰箱上，一旁配有各种海洋生物的剪纸，俨然一个海底世界，看样子是孩子贴着玩的。鱿鱼的爪子下面，能看到残留的印刷字——生产地址：海南省三亚市……

刑警队长问马冬，断案灵感从何而来。马冬说，"北萨斜塔"和"伽利略"这两个名字都是他叫出来的，他就是那个因去游戏厅被老董踢过屁股、嘲笑伽利略而被扔过粉笔头的学生，打篮球还被老董盖过帽儿。

2

父母离婚的时候，马冬五岁，被判给他妈。他妈要上班，就把他放在姥姥家。姥姥和姥爷觉得孩子可怜，有什么要求都满足（只要是花钱不多的），那时候在带孩子上不讲究"延时满足"和"饥饿训练"，无非就是盯着点儿，只要孩子不哭不闹不去危险地方玩，就算成功。

上了小学，姥姥去世了，就剩姥爷一个人带马冬，对他比对他的堂兄妹表兄妹都好，有点儿偏心眼儿。别的孩子在这年龄已经开始练习洗袜子扫地了，本着不能虐待"孤儿"的原则，姥爷从不让马冬干这些事儿。马冬妈给过姥爷建议，说他们这代独生子女不能太惯着，姥爷嘴上说知道，真执行起来，还是他猫着老腰扫地，甚至给马冬倒洗脚水。马冬妈多次提意见，"您别这样了。"姥爷说我也想让他扫，可他扫完更脏，还不得我自己重扫？再说，他自己倒热水烫着怎么办？我可不落你埋怨。马冬妈说她说的不光是这些事儿，而是大方向上，不能娇生惯养。姥爷说，"嫌我惯养你就接走。"马冬妈这时候正上着夜大，晚上都不在家，没能力接走，只能让马冬在姥爷家过一天算一天。久而久之，马冬习惯了被人重视。

进入初中，马冬发现学习比不过别人了，另辟蹊径，在学习以外的地方拔尖儿——看别人不知道的书，玩别人没玩过的东西。如果没有老师和家长以及考试的限制，学生们还是对无关学习的事情更感兴趣，于是，马冬依然是班里的中心，吸引着众人的目光。那些跟老董作对的日子，很让马冬享受。

有一次午间休息的时候赶上下雨，平时里操场上耍的学生都老老实实回到教室，眼巴眼望盼着窗外雨停。马冬却拿着篮球到了操场上，他知道，这时候在雨里打球，必然会吸引教室窗户那侧的一双双眼睛。与他一同出现的是老董，老董从办公室的方向走来，一手托着篮球，像托着一摞学生作业。两人打了照面，老董是马冬的班主任，说了句，别感冒。马冬说，不会。然后一个在东侧的篮筐，一个在西侧的篮筐，各玩各的。老董打得中规中矩，近距离投篮、上篮、转身，练的都是基本动作。马冬基本功没老董扎实，动作的舒展度和协调性也不如老董，但不能被老董比下去，全校那么多双眼睛看着呢，他就玩邪的，中场投三分——其实就是扔。把球一次次像甩手榴弹那样扔向篮筐，十次只要进一次，就能收获满堂彩。看着挺远，其实不难，球若能砸到篮筐上方画在篮板上的白方块内，反弹下来，就很可能掉进篮筐，马冬以前屡有斩获。于是操场上就出现奇异的一幕，一个魁梧的中年人在一侧篮板下慢条斯理投着篮，一个瘦弱的少年站在中圈铆足劲把篮球扔向另一侧篮筐，似乎受了欺负，冲着欺负他的人射出愤怒。雨天篮板滑，球也滑，还变沉了，以往扔的球即便不进，也让人相信早晚能进，而这次出手的球，个个差之千里。篮球好不容易砸到篮板上，因为滑，弹向预料不到的很远的地方，马冬就一次次跑去捡球，然后重新站到中圈，再一次将球抛出。终于，老董开口了，说别瞎扔了，咱俩打会儿吧！马冬对老董说他瞎扔很不满，但能跟老董对抗，让他肾上腺素高涨，还没一个学生单挑过老董，而此时教学楼里那么多双眼睛在看着，他站在老董对面，又一次成为焦点。马冬要脱掉上衣，老董说穿上，这是学校。湿漉漉的 T 恤贴在马冬身上，显出两侧的肋排，他运着球，各种不连贯的假动作和变向，试图突破老董上篮。当然，最后是在马冬跳起即将出手投篮的时候，挨了老董重重的一帽儿。马冬抱着球倒坐在地上。老董伸出手拉马冬，手还没伸到马冬面前，马冬已经自己站起来，若无其事地说了句：地太滑。

老董说，哪天出太阳还可以玩。马冬说好，然后一个人夹着球走了。日后，马冬并没有加练篮球，更多时候出现在单杠旁，狂练引体向上。学生都知道，做这个有助于长个儿。

初中毕业后，马冬去了中专警校。考高中是要拼成绩的，他自然拼不过，又不想上技校和职高，当工人和厨师在他看来没多少出息。他想去当警察，一是香港警匪片看了不少，身上暗流涌动，二是觉得将来亲手抓俩好学生——警匪片里越是文质彬彬看着有文化的人越是大坏蛋——现在在考试上输给他们又有何妨！

于是马冬报考了警校。面试时见到考警校的竞争者，都是些长头发或大秃瓢的学生，面露凶相，其中有两个人还在路上劫过他。面试时考官问他，为什么想当警察？马冬实话实说，说现在又不想当了，没想到这些人也在考警校，这让他对警察这一职业有了更多不解。最后他被录取。那段做引体向上的日子让马冬受益匪浅，体测的时候，他一口气做了三十个，考官在他名字后面画了个星儿。

上警校要住校，马冬周末会回姥爷家。这时候姥爷也去世了，他妈跟夜大同学组建了新家庭，想让马冬也搬到新家生活，马冬选择了一个人住姥爷家。周末中午，他会去二舅的饺子馆吃午饭，顺便再打包带点解决晚饭问题。饺子馆有两层，二层的楼梯拐弯处有张小桌，客人都嫌桌子小，不愿坐，那儿就成了马冬的专座。有一天中午，他正喝着饺子汤，从楼梯的罗马柱中间看见老董和范老师走进来。他俩在一楼坐下，点了饺子，在等待饺子端上来的过程中，范老师对老董说了一句话：你要是单身，没有孩子，这一切问题都不存在了。马冬听到了这句话。在警校上了一年学后他已经具备职业素养，记住了这句话。

后来马冬成了马警官，二舅仍然叫他穿着警服去饺子馆吃饭，省得老有人假装喝多了不结账。马警官在二楼又一次听到一层的老董和范老师的谈话，这时范老师因为不能生孩子和丈夫刚刚离婚。范老师对老董说：有孩子是问题，没孩子也是问题，我有点讨厌孩子，想回老家，不当老师了。

孩子成了老董和范老师之间的包袱，需要甩掉。这就是老董的作案动机，马冬分析道。然后对别人投来的惊诧目光解释道：

"我上学的时候是常去租书摊儿，其实不光租古尤和全庸，也租福尔摩斯和柯南。"

在对老董家的搜查中，一个笔记本帮助马冬获得重大突破。是一个亮面儿的硬壳笔记本，外观考究，正面赫然印着歪向一边的比萨斜塔。从内容看，老董至少用了八年，每一页都注有日期，记录的是发生的事情和心境，有点儿像日记。马冬将老董在笔记本上的字迹和平日里批改作业的字迹做了对比，前者更工整，可见写下这些字时心态之认真。八年前，老董在这个印有比萨斜塔的笔记本上写下第一个字的时候，一定不是抱着随便写写的心态，那时他已经有了"北萨斜塔"的称号。

　　马冬把本子的每一页都拍了照，将能作为本案线索的重要内容提交刑警队。日记中先后写着：

　　　　儿子腿凉，攥着他的小腿入睡。
　　　　醒来他的腿不凉了，我的手也是热的。

　　　　癫痫。蒙古症的常见病。今天在儿子身上出现了。

　　　　打球。也是在给自己打气。
　　　　球不一定能赢；活着一定不能输。

　　　　两瓶啤酒，四个菜。烛光下，范，脖颈金色的绒毛。
　　　　和她拉手的时候，儿子来了。

　　　　知道了一家托儿院。
　　　　儿子学会独立生活也好，万一我没了，只剩他自己。

在蓬莱，儿子走丢了……

范结婚了。祝福！

这个月发生的几件事儿。
范离婚了。
一年。我答应范，一年。

火车跨海很有意思，学生们一定没见过。

北萨斜塔。校长也这么叫。好吧！

海南。海水、沙滩，都这么干净。
……特别美，县长死了未必会埋在这么美
的地方。

儿子又出现唐氏附加症。想起海南的海边，
那条漏水的船。船帮搭着破渔网，织物纤维已
经腐烂。船身积了雨水，水洼底部长了一层青
苔，蠕动着一片红色的线虫，红绿相间，在透

过破船板射进来的阳光照耀下，很扎眼。

坐在漏水的船里，这仿佛就是我应该的生活。

真坐进漏水的船里会怎样……

一年了。我让范再等等，我想带儿子去海南再试试……

笔记本上的内容终止在老董去海南前。结合这些记录，马冬又走访了学校的老师、校长以及日记中提及的人员，随后递呈了分析报告。不日，马冬被批许，去广西摸查范老师的情况。

3

马冬雄心勃勃坐火车南下，范老师老家位于广西一座临海的县城，同行的还有另一位入职不久的年轻刑警。

一下火车，马冬就找了家靠海的大排档，要了当地的漓泉啤酒，点了螃蟹，又叫了螺蛳粉。这是他入职后办的第一要案，今天他需要庆祝一下。

啃着螃蟹，同行的警员问马冬为什么要当警察。马冬喝着啤酒，吹着海风说，此情此景，跟港片儿里一模一样。他曾无数次幻想过：到一个陌生的地方，住旅店，品尝没吃过的美食，探索着未知的世界，揪出隐藏在人群中的坏蛋，当上英雄，然后赶往下一个陌生的地方。同伴说，不光像港片儿，再加个美女，也像007。两人干杯。

和范老师见面前，马冬先走访了范老师的同事和邻居——她已在当地中学任教，住教委的宿舍楼。范老师的情况并非马冬想象的那样——已经和老董沉浸在二人世界——而是始终一个人生活，养了一只猫做伴。马冬并未慌神，他认为自己的推测如果属实，范老师自然会知道警察会来找她，不可能和老董大张旗鼓过日子。应该进她家看看。

马冬敲开范老师家门的时候，范老师正在给猫洗澡。猫的毛被水浸湿，贴在身上，变得不像猫，浑身沾着白色泡沫，见有陌生人来，泡在盆里直哆嗦，想跑，被范老师按住安抚。马东问它哆嗦是水凉呀还是怕我们，要不然我们先出去？范老师说不用，马上洗完了，随后洗掉泡沫，又把猫放进另一盆清水里涮了涮，用布裹住，抱在自己腿上，拿出吹风机吹。猫在范老师的怀里很享受，暖风让它的毛像麦子从地里长出来一样重新覆盖了全身，又像猫了。

在范老师伺候猫的时候，马冬已经用眼睛搜查了她的家。这房子是教委的单身宿舍筒子楼，里外两小间，楼道有公用水房、厨房和卫生间。猫食盆摆在柜脚，马冬在屋里踱步的时候不小心蹭到了。他以一个刑警特有的敏感——对气味的直觉和对日常图景的观察——判断出范老师真的是一个人生活，另一种假想也在马冬脑中徘徊：会不会范老师和马冬在别处另筑爱巢，这里，以及这只猫，都是有意为之的假象？

马冬开始盘问。先问起在北方县城的那段日子，她是不是因为老董的孩子，没有和老董走到一起。范老师说这样讲也未尝不可。马冬和同行的刘警官对视了一下。

范老师接着说，她完全接受老董的孩子，是孩子不接受她。孩子很敏感，觉得她的出现，是来跟自己"抢爸爸"。每当她出现在老董家，孩子又哭又闹。她能理解孩子这种表现，但老董觉得孩子这样不妥，愧对范老师。媒人想出办法，给老董联系了一家托儿院，把孩子送去那里就能解决问题。

不是你帮着联系的？马冬插问。范老师说，我并不赞成送孩子过去，我觉得时间会让孩子接受我，但老董鉴于孩子在我去他家后的表现，还是送去了，他说这也是为孩子的将来好。我能理解，可是孩子第二天就闹着要回来。老董看着五大三粗，内心柔软，不忍再把孩子送去第二次。

马冬提及那年暑假老董带孩子去蓬莱，孩子走失一事。范老师说那就是一次偶然的走失，老董回来后心情极其低落，她去安慰老董，老董陷入自责，过着苦行僧般的生活，每天体罚自己，跑步十公里，跑完还不吃饭——不是为了减肥，只是为了让自己不舒服，受到惩罚。她看着难受，帮不上一点儿忙。老董还劝她，不必考虑他，早点儿找个合适的人嫁了。后来嫁给渔民，是因为孩子回来了，老董又活过来了，同时也明确告知范老师，他不能第二次失去这个孩子，已做好和孩子厮守一辈子的准备，如果不这么做，他会不安，已不适合再结婚，并祝福范老师早点儿找到个人幸福。范老师此时已身心交瘁，只得嫁人。

马冬又问为何三年后离婚。范老师说前夫把她娶进家门的时候，只有一个目的，就是让她生孩子，可是前夫不育，治了一年多也没治好，把气都撒在她身上，又打又掐，身上青一块紫一块，她只能提出离婚。对方不同意，她就要递交离婚诉讼。前夫家怕闹大，只好接受。他们家在县里有势力，爱面子，离婚时放出来的话却成了她不会生孩子。

马冬说我去过你前夫家，问过你们婚后的感情，也问过他知不知道你和老董之前的事儿，他的原话是你身在曹营心在汉，一直惦记着老董，你之前跟老董分开就是因为不能生孩子，老董一直想要一个健康的孩子。范老师说当初和前夫结婚的时候，不是因为有感情，只是想让生活稳定。但是前夫家的生活理念让她非常不适应，处处不和谐，直至最后因无法生育而爆发，婚内她跟老董没什么联系，都是前夫臆想的。

说完，范老师从抽屉里找出当时县医院的证明，上面显示的时间是离婚前一个月，她做的妇科检查，诊断结论是：具备生育能力。

"我要把这份证明提供给法院，他们怕了，才答应协议离婚。"范老师说。

马冬拿出翻拍老董笔记本内容的照片，问范老师，老董答应她一年,"一年"是什么意思?范老师说,当时老董带的班再有一年就毕业了,他打算那届学生毕业后就不当班主任了,只教地理,每天能挤出半天照顾孩子,这样也可以带孩子多和她接触,希望有一天孩子能走到她面前,邀请她进入这个家,并留下吃饭睡觉。马冬说,听上去他打算放弃连任先进教师了?范老师说,优秀教师跟合格的父亲比起来,老董愿意选择后者。

但是一年后,老董为什么带着孩子消失了?马冬问。

范老师说,他带着孩子去治病了。马冬问,唐氏是染色体的问题,还能治?范老师说,这个治不好,但是唐氏儿还有很多并发症,癫痫、心脏病、白血病的发病率都比常人高出许多倍。

我知道这孩子有癫痫,还有什么病,马冬问。范老师说,老董一直在引导孩子接受家里多出她的生活,能看出孩子的不情愿,一年即将期满的时候,孩子身上突然出现皮肤溃烂,一片一片的,县医院找不到病因,去了省会大医院,那儿的大夫说这叫天疱疮,是一种免疫系统紊乱的疾病,不控制住病情,有生命危险。唐氏儿免疫系统先天就弱,很容易被病毒侵入,加上体质差,不容易康复。大夫已经让老董做后事准备了。她和老董都很后悔，觉得应该让孩子过简单的生活，不要给他压力，小孩心里存着事儿，免疫系统就容易出问题。

马冬说，我调查了很多人，没听说老董的孩子有这个病症。范老师说，溃烂出现在身上，前胸、后背，都是，没长在脸上，穿上衣服外人看不出来。你看过吗，马冬问。没看过，范老师说，老董不想把孩子这样展示给别人。

那你怎么确信孩子确实得了老董所说的病呢？

老董给我看了病历。

我们没在老董家发现病历。

应该被他带去海南了。

为什么去的是那儿？

他想让海水给孩子身上消消毒，那儿的海水干净，泡泡说不定能发生奇迹。

有医学根据？

我们这边有个偏方，长了脚气的话，去海里蹚蹚，几回就好。

没这么简单吧！

关键是不能让孩子再上学了，教室封闭，空气不流通，细菌多，天疱疮患者容易加重病情，县城水泥厂的那根大烟囱总冒着烟，老董觉得海南环境好，做最后一搏。他也知道希望渺茫，仍愿意一试，就当在孩子还能看世界的时候带他出去玩一次，他也跟我说了，更大的可能是处理完孩子的后事，回来找我，让我等他。

后来发生了什么，为什么他突然消失了，连个招呼都不跟学校打？

我也不知道，所以又等了三个月，还没音信，我就回了这里。

从范老师家出来，同行的警员问马冬，是不是可以撤了。马冬并不甘心，又自掏腰包，飞去海口。当地刑警队有个朋友，是马冬在公安系统比武大赛上认识的，当时两人住在一个房间，都没获奖。跟老朋友见了面，马冬讲明来意，让他帮着查查近半年的人口失踪或无名尸体的信息。

两天后有了回信儿。近半年接到八起人口失踪报案，走失的都是当地人，海里打捞上三具尸体，都有主儿了，一个是打鱼遇难，另一对是殉情。马冬知道事情远比想象的复杂，还想让这边的警察朋友帮着查查外来人口，但这办法如大海捞针，交情也没到，人家还有一堆本地案件要办，马冬只得抓空儿品尝了当地名吃荔浦芋扣肉后，回到县里。

4

刚回到县城，就接到另一重案，有人从县城刚开业的酒店十二楼掉下来，不知道是自己跳的，还是另有原因。

这酒店是县城唯一一家带电梯的建筑，全县最高。当地有头有脸人士的宴请活动都在此举办，顶层是保龄球馆和台球厅、健身房，地下一层是个娱乐城。娱乐城大厅里摆了几十台老虎机，尽头是一道门，有专人把守，总有提着皮箱的人士在公关部经理的带领下出入。

坠尸趴在地上，头的位置有血流出，已漫至胸口，在烈日下，变成一层薄薄的暗红色血冻。保安围成一圈，不让人靠近，马冬开着刑警队的车拉着法医赶到，在尸体四周拉了警戒线，拍照、取血，测量了尸温和心跳，已确认死亡。随后马冬进入酒店大堂，询问工作人员，并查看了酒店开业以来的入住登记簿。死者是本市人，用本人身份证做的登记，是第一次来这儿。开房动机不明，据前台人员说，他是一个人登记的，也没见过可疑的人出入大堂。这里是三星级酒店，消费高，来的都是常客和商务人士，普通人不会随便进。在他的印象里，案发前没有闲杂人进出。

马冬上到十二楼案发房间，屋内一片凌乱。酒店的窗户是左右推拉式塑钢框的中空玻璃，两扇玻璃被推到同一侧，另一侧洞开着，有风吹进来。地上扔着未完全燃烧的锡纸，桌上有打火机，根据经验，这是吸毒留下来的。马冬搜查毒品物证，最终在地毯上发现零星白色粉末，应该是桌上或锡纸上残留的粉末被风吹散到地上的，被带回检查。烟头、使用过的杯子也被技术科装袋带走。

马冬又查看了酒店一层的两个防火门，其中一个通往厨房，每天进货和出垃圾的时候都会打开。这个通道只能抵达厨房，没有岔路，据厨房的人说，没有陌生人进来过。另一个门能通向楼梯和大堂，一直锁着，只有值班经理有钥匙，放在值班室的保险柜里，不可能有人进出。每一楼层的楼梯间也都锁着，值班经理说人家来我们这儿消费就冲着有电梯，住二楼的都要坐一下电梯，所以每层的楼梯间通道我们都不会打开，也方便管理。马冬问那要是着火了怎么办，住店客人往哪儿跑？经理说这是三星级酒店，不会着火的。马冬瞪了他一眼说，不会着火只会有人跳楼。经理被噎得说不出话。

马冬也查看了地下一层的娱乐城。那道平时有人看守的门，在有人坠楼后打开了，可随便出入。马冬第一次进到这里。门后是一条狭长走廊，两侧分布八个包间，里面有自动麻将桌——这玩意儿马冬也是平生第一次见——和港片儿里赌城用的那种玩扑克牌的大桌子，桌上用白线画着圆圈和方格。马冬问这些是干什么用的，公关经理说都是纯娱乐用的，马冬问什么人来娱乐，公关经理只说了俩字：客人。马冬知道这里能开业，肯定是上面有人，不再多问，当务之急是跳楼案。

法医那边有了结果，在死者兜里发现了口香糖，包口香糖的锡纸和房间里未燃烧完的锡纸一致。同时发现的还有两克海洛因，装在封口塑胶袋里，和口香糖放在同一侧兜里。血检报告的结果，死者吸食过海洛因。

死者的身份随后也摸清，男性，二十六岁，市区户口，无业，两年前因在本县打群架被派出所羁押过，后来私了，就给放了。马冬又寻访了死者的直系亲属，父母和姐姐。父母都是普通工人，父亲的工资每个月会周济儿子些，母亲刚退休，每天在家。儿子虽然没工作，倒显得比谁都忙，晚上经常不回来住。对于儿子每天什么样儿，父母并不是很清楚。

马冬是在死者姐姐开的家具店里见到死者姐姐的。了解到死者生前总来这里借钱，少则二三百，多则上千，从来没还过。朋友劝说，你弟弟不是吸毒就是赌博，再借就是纵容，是害他。姐姐比弟弟大三岁，不忍心看着弟弟可怜巴巴地来垂头丧气地走，常拿着存折去银行取钱给弟弟，也劝过他，别学坏，还给他介绍工作。但弟弟不争气，只拿了一个月工资就被开了，还是老板看他姐的面子，要不然三天就让他走人了。马冬问死者的姐姐，她弟弟近期有没有离开过本市，姐姐说不知道，但感觉应该没离开过，如果真要去外地，弟弟又会以这事儿为借口，来向她借钱。马冬把这一点记在本上，判断死者是在本县城买到的毒品。

弟弟的离世让姐姐很伤心，马冬走后，姐姐关了店门。

没有其他线索，想破案，看来得从毒贩入手。县城里开始有人贩毒，这是摆在马冬面前的又一任务。本县爱玩的年轻人一聊起天，就说县迪厅里有吸毒和贩毒的，马冬穿着便衣在面摊儿吃饭的时候听到两个小年轻这么说，便上前询问，如何能买到。一来真格的，这俩人蔫了，都是嘴炮，其中一人连迪厅也没进去过。马冬只好自己去迪厅混了两个晚上，没什么发现，只学会了一堆洋酒名。

他又去了坠楼酒店，公关经理再次接待了他。马冬说明来意，要抓毒贩，留下呼机号，让经理发现情况呼他。经理反问，这怎么判断，贩毒的有什么特征？

"我也没抓过，凭感觉吧，别有压力，我对你这儿也没抱什么希望，除了贩毒，发现别的可疑事儿也呼我。"马冬留下话。

老董的案子仍让马冬放不下。领导看了马冬从广西带回来的范老师笔录，问马冬怎么想。马冬在这事儿上觉得有点儿丢人了，如果事实如范老师所说，那么和他的推断大相径庭，他不想就此退缩，愿意继续跟进，查出真相，哪怕丢人，也丢在自己手里。马冬说他想申请去海南各地市级以上的医院再看看，查查有无老董儿子的就诊记录，或者看看死亡人口记录，活要见人死要见尸。领导说要是老董带孩子又去了别的省份呢，这样查效率低，劳民伤财，眼下抓本县的毒贩是当务之急。马冬问那老董这事儿还查不查，领导说当然查，他们会联系当地的公安，按马冬的思路，先查查他们省内的医院。领导也跟马冬打了招呼，这事儿不是一天两天就有结果的，人家也有自己的案子办，能帮咱们查就谢天谢地了，不能催。马冬说要不要定个期限，一年，还是两年？领导说定了也没用，多少比这严重的案子，十几年了也没破，你太年轻了！

马冬在老董案件上的不甘心也因为呼机响了而只能先这样——酒店经理呼他了。马冬领了俩人赶过去，经理带他们直接进了监控室。十几台监视器上显示着娱乐城各个方位的情况，马冬想起一事儿，"干吗不给每层楼道也装上？"

经理说这东西成本高，好钢用在刀刃上，只能先给娱乐城装。马冬问为什么。

"怕有人从机器里抠币。"经理说。也有人会用铁丝窝成勺子形，在投币孔那儿捅，捅一下，相当于投了一个币。这些招式马冬都门儿清，上学的时候也在游戏厅干过，他没想到星级酒店的娱乐城也得担心这种事儿。马冬问，你们想让我看什么？经理让保安调出一个小时前的画面，画面上一个男子正在玩老虎机，面前堆着高高的几摞币，一个个往里投，一次次没中，然后起身，又买了几摞回来，坐下重复之前的动作。马冬问一个币多少钱，经理说一块一个，马冬说外面游戏厅都一块钱五个，有的给六个，经理说我们这儿有冷气，地面大理石的，你说的那种地方都是水泥地，顶多有台破电扇。很快，画面上的那几摞币也都投进去了，男子坐着没走，摸出腰间的 BP 机看，按了几下，然后打开手包，拿出大哥大，拔出天线，照着 BP 机上的号拨了一个电话，聊了几句，看了一眼手表，然后挂了。

经理说后面这二十分钟可以快进了，马冬说不用，全看完。画面上男子继续坐着，东张西望，还抬起头看了看各个角度的监控，脸被照得很清楚。这人常来吗？马东问。经理说应该是第一次，常客他都有印象。二十分钟后，进来一个戴棒球帽的人，男子招手，棒球帽走过去。给了男子两百块钱，四张五十的，掏钱的时候，男子用余光瞟了左右，收了钱，从手包里摸一个东西，攥着，放到棒球帽的手心里。经理指挥保安，后面可以慢放一下。画面上，棒球帽缓缓张开手心，是个封口塑胶袋，里面一团白，谁也能想到是什么。男子赶紧握住棒球帽的手，推了他一把，示意不要在这儿看，回去研究。棒球帽跟男子点点头，然后走了。男子用那两百块钱，又买了一百块钱的币，坐下继续玩。

"我就这时候呼的你。"经理说。

"人呢？"

"走了。"经理说，"你继续往下看。"

视频里男子刚玩了几把，大哥大响了，他接了个电话，把台面上的币都胡撸进手包里，匆匆走了。

"你到这十分钟前，他打车走的。"经理说。

"你们二十四小时都这么盯着监控吗？"马冬问。

经理被问得有点儿不好意思，说其实谁都愿意看别人输钱那样儿，像看电影，再一个，我们奖金也从这里出，看他们把币一个个投进去，跟要给我们发工资似的，这种画面让人愿意一直看下去。马冬问你们这儿的币，带走后下回带来还能玩？经理说可以，省得他们再把没玩掉的币换回钱。马冬问币的成本多少钱一个，经理说很便宜，按斤订做的，所以他们把币带走了不来玩，我们也合适。马冬说那有人把别的游戏厅的币带来玩吗，经理说玩不了，我们的币大，沉，小币投进去没反应。马冬拿出一块钱，要买一个币。

经理拿来一摞币："您敞开了玩！"

马冬说不是这意思，我留个标本。经理挑出一个币说，还至于要你一块钱呀，马冬接过币，还是留下一块钱，"按规矩来。"

回到刑警队，马冬把娱乐城的币给大伙传看，说如果近期抓的人兜里有这种币，人还长成这样——拿出视频截图的打印照片——就特别审。

马冬等着娱乐城呼他，嫌疑人手里还有小一百块钱的币，马冬也是游戏厅长大的，懂这诱惑。现在，他像当初盼着坏了的游戏机赶快修好一样，盼着他的呼机能赶快再响起来。

5

一个月后的晚上，马冬接到抢劫报警电话，带人开车去了现场。是家音像店，两名劫匪已经跑了，除了当天柜上的销售额，还有十几张摇滚 CD，老板是个女孩，担心劫匪日后再来。马冬勘查了现场，没有什么线索，安抚女老板劫匪很少有吃回头草的，并建议她橱窗上别摆磁带，让过路的人都能看见里面，劫匪就更不会再来了。

　　女老板还心有余悸，马冬开车给女老板送回家，然后关了车上的警灯回队里。路上，马冬开着车看见左前方的广场雕塑底下，有人正拿着大哥大打电话，背对马冬的方向，身材清瘦，不是那种啤酒肚的老板。全县城有大哥大的不超过十个人，其中好几个是胖老板，马冬立即把这人和娱乐城视频中的那个人对上号了。马冬向右前方拐去，把黑着灯的警车停在一排饭馆后面，脱了警服，光着膀子，也让同车的两名警员脱了上衣，跟着他，假装去广场乘凉。车里有一副羽毛球拍，马冬让那两名警员拿上，在车里把目标指给他俩看，分了任务。

　　大哥大男还在打电话，马冬三人从他身后方向步入广场，两名警员在雕塑的另一侧打起羽毛球。雕塑是一匹前蹄上扬的骏马，寓意县城人民的生活。马冬买了根冰棍，吃着从侧面一点点往嫌疑人跟前凑，嫌疑人正在飞扬的马蹄延长线下方举着大哥大眉飞色舞地聊着天，邀请对方来这边玩，他负责接待，这边新开了三星级酒店，吃喝玩乐一条龙。马冬在离他不远处的大理石台坐下，吃着冰棍，听他打电话。飞马侧面的两个人也故意把羽毛球往这边打，然后过来捡球，和马冬对上眼神。

嫌疑人打完电话，马冬的冰棍也正好吃完，把棍儿一扔，起身来到那人身前，问他能借大哥大用下吗，不白用，给钱。那人疑惑地看着马冬，突然一侧身，要跑，左右两旁已经有手拿羽毛球拍的膀儿爷挡住去路。嫌疑人说，什么意思？下意识把大哥大往怀里塞，怕被抢。马冬已经认清这就是视频里的男子，上前一步，一把掐住他的脖子，往前一推，直接按在飞马下面的花岗岩底座上。两名警员一拥而上，给铐走了。

这家伙是个厌蛋，一进来，什么都招了。看到坠楼者的照片，说确实卖给过他，就是上周，只卖过一次，他第一次买就砍价，所以对他印象比较深，"不算优质客户"。

马冬问这人以前会在哪里买，贩子说那就不知道了，我也是刚干这个，比别人便宜二十块，靠这个吸引客源。马冬问他知不知道娱乐城有监控，为什么敢这么明目张胆地卖？贩子说他现在也后悔，但当时想继续赌的那劲儿就跟毒瘾上来一样，让人着魔，只想着拿到钱买了币赶紧投进去，明明看见那儿有监控，也觉得未必能拍到，拍到了也未必有人看，一小包东西不会太引人注意，结果还是栽了。贩子要戴罪立功，配合马冬把他上家逮住。上家在云南，就是他在大哥大里邀请对方过来玩的那人。他叮嘱马冬，一定要给他的大哥大充好电，别关机，响了得让他及时接，如果那边要联系他的时候联系不到，就会明白怎么回事儿，他就进黑名单了。

马冬一听能钓到大鱼，来劲儿了，向上级汇报，打算继续邀请上家来这边玩。抓的贩子是自己开车去云南取货，每次开两辆车。取到货回来，前面一辆车开路，遇到情况就给后面的车打电话，两车相距三公里，都配了大哥大和对讲。东西藏在后车的底盘下面，如果情况不妙，后车就调头或把东西扔到路边，等危险过去了再捡回来。从云南开回来三千多公里，正常的话，三四天就开回来了，他们要开一礼拜，不敢开太快，怕底下藏的东西颠腾掉了，开一段就得停车检查一下。虽然辛苦，利润也高，二十块钱一克，回来就变两百，每次带几包，比大学教授挣得多。有时候车里也拉些蘑菇竹荪，当地特产，带回来赚个差价，挣点儿是点儿，还遮人耳目。

队长听了汇报，说上家不是傻子，能想不到这边已经挖好坑等着他往里掉吗，不会这么容易就往套里钻。马冬说那就不继续往下追了吗，队长说你可以试试，以前我也查过，比想象的难办多了。马冬说那我就真追了啊，队长说追吧，别耽误其他活儿。

被抓贩子的大哥大响了，上家打来的。被抓贩子那次在飞马底下给他打电话，是想再去拿批货，现在货好了，可以去取。马冬让贩子嘴里吃着东西接电话，显得很轻松的样子，语调不会出卖他。贩子还延续上回的说法，邀请对方过来，说如果能把货带过来，直接给他涨到一百五。对方说我不出去，你要的话就自己来拿。马冬让贩子说两百，两百能过来吗？对方说我还想多干几年，只挣发货的钱，不挣运货的钱，你可以不要，我肯定不会过去。马冬在旁边点点头，贩子说那行，我这两天就过去。

挂了电话，贩子问刚刚的表现，够给他减刑了吧。马冬说从云南回来再说。

听说马冬要去云南，队长没批，这不是一两个人就能干的事儿，太危险。马冬说现在是个机会，兴许就能端掉一个制毒窝点。队长觉得马冬幼稚，联系了云南警方，报了这边的情况以及摸到的上家线索。当地公安问了他的发货价，说这级别的发货商，落网的和在控的都算在内，他们手里至少有十好几号。云南警方说话有口音，马冬大概能听懂什么意思了，这些发货商上面还有批发商，批发商上面才是制毒的，在一个村子里。但现在没到下手的时候，犯不上对这级别的发货商大动干戈，容易打草惊蛇，这边警方已经在制毒村安排了眼线，时机成熟，自然会收网。同时，他们也记下了马冬收集到的信息，并表示感谢。马冬只能收手，把小毒贩交给检察院。

没有为坠楼案找出更多线索，马冬又去了死者姐姐的家具店两趟，也没弄到有效信息，坠楼案最终以"死者吸毒致幻，自己跳了楼"结案。

一年后，云南警方捣毁了一个臭名昭著的制贩毒窝点，上了中央台新闻，此案成为当年的十大要案之一。云南警方没有独揽功绩，给各省协助办案和提供线索的同行寄来感谢信，其中包括马冬所在的公安局。恰逢共和国成立五十周年，省公安厅召开公安队伍表彰大会，评选本省的十佳公安。为配合全国的十大要案，马冬因在抓捕毒贩上的贡献被选入省十佳公安。

马冬去省会参加授奖典礼，省公安厅长和副省长亲临现场。马冬在上台前给自己的出场做过设计，到时候会有三台摄像机对着自己，胸脯可以不用挺得太直，不用太一本正经，歪着点儿身子更有性格，这样镜头里拍出来会显得很酷，港片儿里厉害人物都这样的出场。

可是真到了台上，硕大的国徽立于身后，台下一片蓝色的海洋，同行暴风雨般的掌声，和他们眼中的赞许，像火箭底部喷出的火焰，真把马冬送上了天。他弄不明白自己是怎么飞起来的，只能配合地挺起胸脯，昂首顶着大檐儿帽，像杂技演员顶起一摞碗。特别是从厅长手里接过奖状的那一刻，马冬觉得自己被赋予了一种力量，让他挺起的胸脯不会塌下去了，这力量充盈在体内，直到颁奖结束，回到县城，仍久久不肯退去。

6

对这座稍显闭塞的北方县城来说，上世纪末听到"毒品"这个词，会让人兴奋，那代表着一个未知的行业和世界。抓到毒贩，对这座县城来说，也是一件挺轰动的事情。

呼机又响了，还是酒店经理呼的，马冬第一时间回了电话。这回不是案情，是警民共建情，有本县的企业想宴请缉毒英雄，在酒店摆了席。马冬上了省卫视的新闻联播，成了县里名人。马冬问公安口还谁去，被告知没别人了，因为本县去省里领奖的只有马冬，他们只宴请获奖者。

马冬并不想去，但听说副县长也会到，觉得不去不仅驳了东家的面儿，也让副县长下不来台，说得向队里领导汇报一下。对方笑笑说，随你，我们跟你们队长和局长也熟，都来吃过饭。挂了电话，马冬琢磨，这顿饭的名义是给他庆功，如果跟领导这么说，领导会怎么想？首先让领导很没面儿，自己没被宴请，手下却被请为座上宾，再说他们还那么熟。如果多想一步，领导会不会认为这是马冬在宣导什么——我马冬立功了，该涨工资了，还是要求升职？

最终马冬还是一个人去了。他赶到的时候，两位企业家已经到了，酒店经理正在宴会厅陪着说话，三人坐在包间一侧的半圈真皮沙发上。马冬第一次进这么大的包间吃饭，沙发对面是一张能坐二十人的大桌，擦得锃亮的玻璃转盘自己转着，几米外立着六十英寸的背投电视，上方挂着红色横幅，"热烈祝贺我县公安民警马冬同志喜获省十佳公安称号"。沿着横幅看过去，房间那角还有卫生间。原来三星级饭店是这样，马冬心里想。

三人起身，迎接马冬，请中间上座。马冬劲儿大，他们没拽赢，马冬就近在沙发一侧坐下。酒店经理给大家做了介绍，两位企业家一个姓陈，一个姓谭。姓陈的做家电生意，这酒店房间里的电视就是他给配的。姓谭的承包工程，这酒店就是他的建筑队盖的。两人给马冬递上名片。马冬参加这种场合不多，有点儿局促，说自己没名片。二位老板都是场面人，说他们是商人，用名片的目的就是明着骗，马冬不需要，马冬是人民公仆，一提战功都知道。马冬被说得不好意思，看着对面的横幅更不好意思，脖子都不敢往那边转，说不用这么兴师动众，摘了吧！酒店经理说庆功宴能在这儿办，是我们酒店的荣誉，公关部特意做的，让我们也沾点喜气儿。传说中的副县长到了，其实是县委办公室主任，三十多岁，也在县领导班子里任职，不出意外换届后会是副县长，所以熟人在底下就先称呼上了，体现尊重，顺便拉近距离。主任姓霍，霍主任还是很本分，一再说：低调低调，明天不是我们能把握的。

寒暄完，经理张罗上桌，可以走菜了。霍主任让马冬坐主位，今天是给他庆功，马冬自然不肯，说您是领导，您坐。霍主任也不再推让，马冬在他一旁坐下。二十人的大桌，只坐了五个人，每人距离两米，像开首脑会议。霍主任端起白酒杯，说启动吧，另三人也端起，马冬赶紧跟上。离得太远，相互够不着，就用杯底磕一下桌子，过个电，示意碰杯了。

随着一道道马冬叫不出名字却好看又好吃的菜端上来，马冬开始坐立不安，有些惶恐，觉得这不该是他的生活，很心虚地想，会不会是霍主任想让自己侦破老董那案子，此事在本县人人皆知，仍悬而未决。同时马冬心底又很享受这种被山珍和酒肉填满的生活。

霍主任引导着话题，从马冬获奖说起，说县里的治安这两年越来越好，多亏刑警队的兄弟，马冬听了这话也很受用，举起杯，要代表刑警队敬霍主任一个。霍主任说你们辛苦，还是我敬你们。另三人也举起酒杯，说对，你们出生入死，让人敬佩。在互相恭维中，五个人喝得脸蛋红扑扑，五只酒杯底像五只脚，一次次在无辜的玻璃转盘上跺下，发出玻璃和玻璃清脆的碰撞声，这声音带来喜悦。酒精让马冬放松了。

喝到第二瓶白酒的时候，马冬和大家的距离不再遥远，两个老板先后举着酒杯来到马冬面前，敬他。马冬也及时举着酒杯走到跟前先敬了霍主任，并回敬了二位老板。大家也说些各自领域的事儿，但话题主要还是从马冬身上引出来，四位聊天水平很高，始终让马冬当着主角。说着说着，又说到这次马冬抓毒贩的事儿，霍主任说我听说起因是有人在这酒店吸毒后跳了楼，马冬把办案过程一说，在座的三位鼓起掌，说干得漂亮。经理也赶紧接过话，说我们酒店提供了重要线索，也算间接立功。霍主任勉强挤出笑，关注点更在马冬这边，端起酒杯，说再敬刑警队一个，希望多抓毒贩，吸毒对社会危害太大，搞到最后，都是家破人亡。喝完，马冬又续了一杯，端起去敬经理，感谢酒店协助破案，经理也举起酒杯说以后还靠马警官关照。两人都向对方走去，在中点相遇，酒杯和酒杯碰在一起。霍主任总结道，这次警民共建很成功，好！

两瓶酒喝完，气氛恰到好处，也没人喝多。霍主任说吃饱了活动活动吧，经理说都准备好了，大家一起。马冬以为会去顶楼打保龄球，结果去了地下的娱乐城，被经理带进有自动麻将桌的包房。

马冬一看这阵势，说自己先走了。经理说别呀，一起热闹热闹。陈老板说别玩太大，小耍怡情。霍主任说就打四圈，打完各回各家，明早都要上班。马冬进退两难，他在刑警队的任务是抓赌，现在亲自参与赌博，虽然玩得不大，也有点儿说不过去。霍主任替马冬解决了这一难题，说这算民间娱乐，不影响公务，你们副局长还净来这儿跟我们玩呢。经理附和道，没错。霍主任说，我给他打个电话。经理拽过房间里的座机，霍主任拨了号，按了免提。接通了，传来副局长特有的公鸭嗓：喂？霍主任说，乔局吃了吗？副局长说，呦，霍主任呀，又三缺一啦？霍主任说，您来不来，老地方。副局长说，今天不去了，腰疼，不能一直坐着，你们玩好吧……马冬心里锁紧，不往霍主任那方向看，想着可千万别跟副局长提他在这儿。霍主任果然也没讲，电话里又说笑了几句，便挂了。霍主任跟马冬说，这下踏实了吧！马冬笑笑，说我平时不怎么玩。谭老板说那咱们就玩一二四的吧，小点儿。经理说我给马警官看着，赢了归马警官，输了算我的。马冬说不用不用，经理说来吧。服务员端进茶水，牌局开始。

这一晚，马冬经历了很多个人生第一次。第一次吃鲍鱼，第一次喝茅台，第一次用自动麻将桌，第一次打牌还有人伺候局子。每局结束，只需把麻将往槽里一推，另一副已经码好的四摞麻将便会像等待检阅的军队一样，排列整齐从下面升上来，麻将块体态肥美，温润如玉，也不粘手，让人看了就想抓。

不用自己码牌，三圈很快就结束了。两个老板小输，霍主任小赢。马冬不输不赢，他想这样的结果最好保持到第四圈结束。结果有一把牌，他起手就是清一色七小对一上一听，轮到他抓牌，抓上一个二饼，又凑上一对，打出去东风，单调九饼。两轮过后，霍主任打出一个九饼，马冬下意识摸了摸鼻子，没说话。经理坐在马冬身后看着他的牌，也没说话。外面还剩两张九饼，马冬想，最好是这两张九饼都在别人手里用上了，这样他就和不了，不至于让那三家破费，等这把结束后总结自己牌面的时候，他还可以说之所以没和霍主任的，是奔着自摸去的。结果过了没两轮，马冬自己摸上来一张九饼，看牌的经理兴奋得从椅子上站起来，不由自主喊了出来：这把大！

另三人看向马冬，马冬没什么反应。经理继续充当发言人的角色：推了吧，不可能再大了，都自摸了！霍主任说，什么牌呀，看看。马冬难为情地说了句：算了，和了吧！这才把面前的牌推倒，清一色七小对，加自摸。再不和也说不过去了，如果经理没坐在他身后看着，他倒是可以拆听打，故意不和。

陈老板一对一对地数了数，七对，没错。清一色等于断两门，翻四番，七小对必然是门清，再翻四番，自摸，又是一番。谭老板掰着手指头数一共翻了多少番，三家纷纷掏出筹码。不同颜色的筹码上写着不同的阿拉伯数字，筹码替代现金，方便又卫生。

上家下庄，马冬上庄。运气来了，挡也挡不住，又自摸了两把，门清加庄提，麻将桌的小抽屉快装不下筹码了。马冬开始瞎打，终于下庄，随后两个下家各坐一次庄，都没连成，第四圈结束。开始清算，霍主任不输不赢，马冬赢了一百二十个筹码，两位老板输，三家称赞马冬牌打得好。一个刑警打牌好并不是什么光彩的事情，马冬说根本就是瞎打，赶上了，纯属运气好。霍主任说我不输不赢，你们之间结算吧，我先走一步，老婆还在家等我。

四人起身送走霍主任。霍主任出门后，谭陈老板解释说，霍主任老婆的身体不太好，确实需要霍主任早点回去。马冬说他也要回去了，然后把面前的筹码一推，说算了，不用结账，就一百多块钱的事儿。

三人笑了。经理说，是一万二，我们说的一二四，都是一二四百，筹码的一个数字，代表一百块钱。马冬惊了。谭陈二位老板数完自己手里的筹码，一个输了五千，一个输了七千，当场掏出，凑成一摞，让马冬数数。马冬说算了，乐和乐和得了。那二位不干，说马冬不收就是瞧不起他们，愿赌服输，这是规矩，他们商场还有个讲究，赌债必须得给，这叫赌场失意商场得意。经理敛起钱，放到马冬手里说，拿着吧，别难为二位老板。

这一万多块钱弄得马冬一宿没睡着，他不知道该如何处理。自己留用，不太可能，否则也不会一晚上睡不着。退，也不可能，让人笑话，小家子气。交给刑警队，怎么解释这钱的属性，赌资？赞助费？如果是赞助费，为什么赞助者不直接交到队里……更严重的一个问题是，那个娱乐城明明就是赌场！外面那些打擦边球的老虎机倒也无所谓，关键是那扇隐秘的门后，那些包房和自动麻将桌以及标有各种数字的筹码，不仅马冬自己在这儿玩过，还赢了钱，副局长、队长也来过，想必也是赢了钱，难道公安局的人手气都这么好吗？应该不止这些人来过吧，按说这事是该举报的，可举报给谁，警察到底该怎么当？

最终，在窗外泛白有了鸟叫的时候，马冬决定这事儿先这么放放，钱也这么放着，等哪天可以退回去了，便原封不动地返还。他起床给自己冲了杯速溶咖啡，喝完心更慌了。出门吃了碗捅面压了压，然后顶着晕沉沉的脑袋上班去了。

7

很快马冬就懂了那顿饭的用意。有一天接到报案，一群民工在县委大院静坐，都是有备而来，带着马扎儿和水，说市委欠建筑公司的钱，导致建筑公司发不出工资，欠薪三个月了，来这儿要钱。马冬正好值班，带人去了。因为案发地是县委大院，局里闲着的人都去了，出动了三辆车。

民工们组织有序，坐在县委大楼马路对面的树荫下，不喧闹，影响不到县委的正常工作，只是挂了横幅，内容大意是他们拿不到工资就是因为县委大院作为终极甲方不给乙方结款。白纸黑字，手写字体，歪歪扭扭贴在红布上，显得可怜兮兮，恰到好处地表现出心情之愤懑。

见刑警队来了，县委大院的值班室走出一个文质彬彬的小伙子，介绍情况，说这些民工是包工头花钱雇来给县委施压，县委和工程队有合同，验收合格才结款，现在验收不合格，对方不但不做补救，还想出这么一损招。马冬说这事儿按说不该归刑警队管，小伙子说合同纠纷是不归，但是他们现在坐在这里，严重影响了县委的形象，给社会造成恶劣影响，这种无理取闹的行为应该受到治安处罚……小伙子说得义愤填膺，马冬打断他，说我知道该怎么做。马冬又去了民工那边，问谁管事儿，两个看着还算精明的中年民工站起来，以为马冬能给他们撑腰，上来就说，都三个月没领工资了，老家的老婆孩子都等着用钱。马冬问这横幅你们写的，两位民工点点头，说照事实写的。马冬说你俩跟我上车，两位民工说去哪儿，马冬说公安局，先把情况了解清楚。两位民工怕了，说他们是受害者，没有罪。马冬说不是有罪的才去公安局，我们得先把这事儿了解清楚，去我们那儿坐着说，这儿大马路上，闹哄哄的，说不清楚。

同时马冬也对其他民工说，把横幅摘了，都先回去，事情弄清楚了自然会有说法。有人说，我们还没拿到钱呢，马冬说县委这边也会来人调查，但现在你们影响到他们正常工作了，不能在这儿坐着了，都回去。又有人说，拿不到钱我们不走，马冬说不想走也行，都跟我去公安局，说着就把刚刚说话的人往车上揪。人群顿时往后退了，说话的人也怂了，赶紧照马冬说的办，摘掉横幅，准备回工地。两位民工头慌了，说那我们也跟着一起回去了。马冬把他俩推上车，说晚了，去我们那儿说清楚了再看能不能让你们走。

警灯响起，人群散了，马冬也上了车。县委的小年轻走过来，问驾驶室里的马冬："你是马冬警官吧？"

"对，怎么了？"

小伙子说："没事儿，霍主任让我问你好。"

马冬点点头，没说什么，开车走了。

车上，马冬琢磨过味儿来，原来那顿饭不是白吃的，特别是那四圈麻将。

到了队里，俩民工吓坏了，马冬一诈，全招了。马冬问是不是验收不合格后包工头让你们来的，演这戏给了你们多少钱，到底发没发工资，不说实话，欺骗公安，等着坐牢！两人说工资一直发着呢，验收合不合格也不归我们管，反正给钱我们就来了，这事比干活轻省儿，但是钱还没拿到呢，我们就被带这儿来了。旁边有人做笔录，录完让两位民工看，上面写的跟他俩刚才说的是否一致，一致就按手印。两位民工战战兢兢看完，按了手印，说我们能走了吗，马冬说走不了了，聚众滋事，拘留七天。

这次霍主任做东，宴请了马冬。吃得比较简单，在县委食堂，上回的陈老板和谭老板也来了。霍主任吩咐食堂主管，叫大师傅炒俩好菜，马警官帮咱们县委搞定了刁民。马冬谦虚，说谈不上，只是按流程办事。县委大食堂有包间，这次四个人坐了一张小桌子，上了红烧大鲤鱼、干炸丸子和土豆烧牛肉，六菜一汤，摆满一桌，喝的是当地烧锅酒。霍主任说县委干什么都有标准，条件有限，这已经是这级别能吃到的最好的。陈老板说这酒好，不上头。谭老板说，重点不在吃什么，而是在哪儿吃。这顿饭马冬吃得更忐忑了。

酒一喝上，话也说开了。霍主任说今天不光是感谢宴，把谭陈二位老板叫来，是想共谋些事情。县委门口发生的这件事情，让他对工作有了新想法，之前总说公平竞争，面向全社会招标，可真招来一个不了解的，麻烦更大。出事儿的这家工程队就是社会招标招上来的，报价低，正符合县委的预算，就选了他们。开工后却满不是那么回事儿，不是这不行就是那儿找茬儿，变着法地要加钱。预算都是之前就定好的，如果当初提出预算内完不成，这活儿也不会发给他们；县委没满足他们不合理的要求，他们便偷工减料，通不过验收，还想着结下笔钱。

"所以有时候把工程给朋友做，不是走后门，是为这项目好。"霍主任最后总结道。

"没错！"谭陈二位老板赶紧附和。并说，朋友不能糊弄朋友，那朋友还做不做了，朋友都是不挣钱甚至往里搭钱也得帮朋友把项目做漂亮了。

霍主任说有你们二位的承诺就行了，未来陆陆续续会有别的项目，可就靠你们帮忙了。谭老板说瞧您说的，您带着我们致富，该感谢的是我们，有钱大家一起赚，马警官，也有您的份儿。马冬不愿多掺和，说我不会做买卖，也不能做买卖，坏人还抓不完呢！陈老板说就凭这个，足够了。霍主任说，做什么事儿都有坏人捣乱，到时候都交给马警官。霍主任发话了，马冬不便再说什么，就是笑笑，没不答应，也不算答应。谭老板说，咱们这就算"四人组"一届一次常务会议吧。马冬并没在心里承认这个"四人组"，他有分寸，他这个身份不能在民企挂职，虽然霍主任很有可能还干着别的事情——他也明白，职位不一样，大树不怕风，小草还不行。

新千年像被预报准确的一场台风，及时到来，也如风而逝。所有人在千禧年到来前都期待着进入二十一世纪生活能有所改变——活得不好的，可以好起来；活得不错的，更上一层楼。但二十一世纪真来了，并在大家对新生活憧憬仍未消退的时候，迅速结束掉第一年，残酷地展示着，世纪更迭不过是人类的一个说法，日子不会因此有任何改变，依然是早出晚归、上班打卡、下班睡觉，依然是二十四小时后日历撕掉一页。撕掉三百六十五页，就是一年。照这么撕，撕一百次，又是一个世纪。那时候，几乎不会再有此时正活在这个世纪的人了。这是结果，有人看得到，有人看不到。甭管能不能看到的，结果还很遥远，而眼前的，才是过程，大家都在享受过程，追求过程，马冬也不例外。

话说起来，省十佳公安，已经是上个世纪的事儿，没多少人记得了。新世纪到来两年了，马冬尚未有所作为——小偷小摸抓了不少，打架斗殴治理了不少，缺的是那种能让他再度成为城市英雄的机会。

马冬的同龄人，那些考上大学的，现在毕业了。他们有的留在北京，有的进了省会的大国企，有的去了南方的外企。一过年，都回来了，同学聚会，说起各自的生活，聊到外面的世界，马冬插不上嘴，他只对县城辖区内的三镇五乡八条街道熟悉。后来又聊到收入，马冬更恨不得找个地缝钻进去，人家不说每月拿多少钱，说年薪，各种由头的奖金很多，季度奖、半年奖、年终奖，刚上班第一年年薪就比马冬这个工龄三年多已经破格提拔成中队长成天加班的"老警察"还高了。别人也加班，但是加班费是日工资的一点五到三倍，执行国家标准。马冬是加班还得自己掏腰包，买个宵夜、打点线人、给车加油，很多时候拿着票去报销，队里都说经费有限，报不了。当年马冬在班里也算出人头地，现在同学间比的不是学习成绩和你会玩什么了，而是社会职位和收入，如此一来，马冬被淹没了，灰溜溜地坐在人群中间，很少站起来和人碰杯喝酒。好在手机及时响起，要出警，解救他于尴笑之中。

马冬赶到现场，是桩抢劫案，报案人是个中年壮汉，指着一个六层小楼的楼口说，眼瞅着抢劫犯进了这里就没再出来，没有后门。马冬了解了经过，中年壮汉走在街上，夹着手包打着电话，突然对面走来的小青年把他的手包和手机一把夺了过去，转身就跑。壮汉跑不过他，边跑边喊，有人帮着追，但小青年身轻体健，绕开各种障碍物，把追逐的人甩在身后。最后小青年看到一圈铁围栏，有浓密的树，估计他以为是个小公园，想穿越小公园彻底逃脱，没想到铁围栏后面是个小区，有值班老太太。大家一吆喝，四面八方出来人围堵，小青年就跑进其中一个单元的楼口。马冬问包里有多少钱，壮汉说几百块，但是卡多，还有身份证。

听完情况，马冬带人进楼搜查，一到六层楼道里没有。敲开一些人家，问有没有看到劫匪，反应都是：啊？楼里进劫匪了！有些人家没敲开，不知道是里面没人，还是劫匪在这儿有亲戚，藏里面了。对于一桩数额不大的抢劫案，犯不上破门而入。马冬问了抢劫者的样貌和衣着，带人撤了。被抢者着急了，说那我的东西怎么办。马冬说，不是所有犯罪分子都能抓着。被抢者急了，说，嘿，你们警察怎么这样呀！马冬说你有完没完，他还能长翅膀飞出去呀，你要想让我们破案，现在就闭嘴，离开这儿。马冬带头走了，人群散了。

到了晚上，楼下恢复了往昔的日常。居民们出来乘凉，摇着扇子，啃着西瓜，老人们下棋，孩子们跑闹。九点半一过，人们各回各家，小区回归宁静。就在这时，单元楼口的垃圾道小铁门自己开了，一个纸箱滚了出来。箱子停到垃圾道口，静置了片刻，随后箱子腾空飞了起来，下面长出两条腿，露出的腿越来越长，开始小跑，还露出一段腰。里面有人。

箱子下方横向多出两条胳膊，试图让箱子从腰部脱离。但是那双手无论怎样试图摆脱掉箱子，箱子都像一顶被粘在头上的大帽子——马冬早就从后面跟上来，按住了纸箱。随后，马冬身旁的另一名刑警给箱子下的那双手铐了起来。摘掉箱子，是个二十岁出头的小瘦子，一身馊味儿，和被抢者描述劫匪的样子吻合。

原来他逃进楼口后，知道有人追进来，就钻进垃圾道。每两层的楼梯折角处就是垃圾道口，马冬他们也检查了这里，每层的都伸进头看，没发现藏人。问他怎么藏的，他说就是往一楼的垃圾堆里一钻。马冬说垃圾堆我们也翻了，没你。劫匪说我听见你们从楼上下来，知道你们要翻，我就钻出垃圾堆往上爬，胳膊腿张开，正好能悬空卡在垃圾道里，后来有人倒垃圾扔纸箱，正好套我头上。马冬说抢这点儿钱也够难为你的，藏得好好的，怎么没沉住气，这么快就出来了？劫匪要哭，说我抢东西也是为了帮我妈交住院费，医院说今天交不上钱，就给我妈推出病房，我不放心我妈，必须出来看看。马冬问你妈什么病，在哪个医院，小伙子说了，听完马冬让同事把劫匪送回队里，他去医院看一眼。

到了医院，果然楼道里躺着一个病恹恹的中年妇女，马冬问她是不是等儿子呢，儿子叫什么名字，中年妇女说对，报上儿子名字，都对得上。马冬问她还有别的亲人吗，中年妇女说丈夫在乡下，儿子带她来县城看病，这边没亲人。马冬又给队里打电话，让派个车来，给劫匪的妈送回乡下的家里。临上车，马冬给妇女留下五百块钱，说对不起她。妇女不明白，马冬说让司机路上慢慢给你解释，然后关上车门，转身走了。

车还没开出市区，马冬追上来，叫车调头回去，他给这位妇女续上了押金，可以继续住院治疗了。他觉得像之前那样把妇女打发回乡下也不叫事儿，万一有个好歹，他交代不过去。同伴劝他：其实咱们干好分内的事，就已经是给社会注入正能量了。马冬笑笑说，赶上了，没辙。

办越多的案子，马冬越分不清好坏人了。很多案件中，好人和坏人并没有一道明确的界限。拿打架说，从道德上看，很多出手打人的人才是更大的受害者。好在治安条例摆在那儿，无论施害受害，违背了哪条，严惩违法者便可。至于案件背后更大的因果，不归马冬管，也不归任何人管——归上帝。

从那些经手的案件看，上帝很多时候会以金钱的形式表现出来。所有案件的起因，总结出来，就三个字：钱闹的！如果有了钱，没人会去抢劫、偷盗、贩毒。无论是过盛的欲望，还是基本的生存需求，只要钱这位上帝及时降临，就不会发生这些事情。在马冬看来，与其将人分成好坏人，不如将人分成不可怜的人和可怜的人，后者往往缺少上帝的眷顾，于是就做出争取让上帝看到自己的破格行为，上帝是否能看到不知道，至少被作为警察的马冬看到了。

当谭陈二位老板再有什么事情找他的时候，马冬不再忸怩，不再瞻前顾后，只要可控范围内，就会伸出热情的援手。他有一种在替上帝办事儿的感觉，事后上帝自然会眷顾马冬。凌晨出警回来，他可以请兄弟们吃大排面，让老板来双份大排；可以毫不犹豫送考上了研究生的女朋友一台笔记本电脑；也可以让他的那些因昔日同学英姿勃发而生起的失落渐渐消散，有了和他们平起平坐的勇气。

上帝真的在拯救世界。

8

马冬恋爱了。一个女孩的手机在公交车上被偷，下车看到旁边就是分局，进去报案。马冬受理的，登记完，让女孩回去吧。女孩问能找回来吗，马冬说小偷也许能抓到，手机可能会被他卖掉，如果想判得轻，他家里也会照价赔偿的。女孩说最好能拿回手机，她开学就大四了，正在找工作，发出去的简历上留的都是这个手机号，马冬说那只能看命了。

三天后，小偷逮着了，去住所一搜，六七个偷来的手机还没卖出去，一查号码，有女孩的那部。马冬让女孩过来取，女孩拎着一个大西瓜来到刑警队，见到马冬说"警察大哥辛苦了！"马冬从一抽屉手机里准确拿出女孩的那部。女孩接过手机，说马警官能存你一个电话吗，这手机失而复得，多亏了你，得把你的电话存进来。马冬笑了笑，把手机号给了女孩。旁边有人开玩笑说，"马队还单身呢！"女孩笑着把号码存进手机，再次谢过后走了。

　　过了俩月，马冬的手机响了，女孩打来的，有些焦急，她的"文曲星"放在学校自习室被偷走了。女孩在省会上大学，找工作的同时也在准备考研，自习室座位有限，她中午去食堂就把书包放在桌上占座，结果回来发现"文曲星"没了。马冬说你应该向当地派出所报案，女孩说报了，派出所也是做了登记，说不一定能找回来。马冬说都是这样，就看小偷会不会再作案，逮着了才有可能查出以前的。女孩说"文曲星"对她很重要，里面有她要背的考研单词，还有养的电子宠物。马冬说有什么也没办法，下回小心点儿，先等当地派出所的信儿吧！挂了女孩的电话。两天后，女孩又给马冬发短信，说警察大哥，求你啦，帮帮我，那些单词对我很重要。马冬在办案，没回。两天后，女孩发了一个哭脸的表情，马冬还是没回。

　　过了一礼拜，马冬去下面的乡调查个证人。查完正好轮到他倒休，这个乡离省会不远，马冬就给女孩打了一个电话，问她在不在学校，女孩说我在，你是要来帮我抓小偷吗，马冬说不是那么好抓的，我先看看。马冬到了女孩丢"文曲星"的阶梯教室坐了会儿，发现大学生们把这个世界想得过于美好了，很多东西往桌上一放就走了，书包、随身听、吃的、大衣……如果社会上的小偷看到这一幕，定会蜂拥而至。

　　马冬职业病犯了，让女孩在这儿上自习，他旁边坐着，试试能不能撞上个小偷。女孩说也给你伪装一下吧，你挑本书。女孩打开书包，都是考研书，马冬选了本《马克思主义基本原理概论》，就这本多少能看懂点儿。

　　常年办案，早就不习惯坐着看书了，加上熬夜出勤，马冬看了两眼，就趴桌上睡着了。

　　难得有这种睡觉的机会，马冬睡得很香。当被女孩推醒的时候，天已经黑了。女孩说，该吃晚饭了，去我们学校食堂吧！马冬扫了一眼阶梯教室，人不多了，想必都去吃饭了，桌上堆着各种占座的东西，被偷太容易了。马冬问女孩学校有保卫科吗，女孩说有，马冬说吃完饭我去找他们一趟，得让保卫科给你们普及下安全意识。

两人边说边往外走，和一个长发女生擦肩而过。马冬多看了这个长发女生一眼，继续往楼梯口走。即将下楼的时候，马冬漫不经心回头一看，长发女生进了刚才的阶梯教室。马冬跟身旁的女生说等一下，"你站这儿别动，也别出声。"说完返了回去。

马冬在阶梯教室后门窗口，看到长发女生空着手，穿着长裙，在一排排座椅之间走动，眼睛一直垂下四十五度，盯着桌面。突然，她把桌上的一个小闹表装进长裙的兜里，左右没人，快步走了出来，和马冬撞了个满怀。马冬揪住她的手，一反拧，把她按在墙上。楼梯口的女生看到这一幕，赶紧跑过来，看见马冬又伸手揪长发女生的头发，大惊失色。却见长发女生的头发被摘去，瞬间变成一个寸头男生。

原来，是个男扮女装试图让人放松警惕的小偷。经盘查，是名社会闲散人员，来这儿找同学玩，发现校园里"商机巨大"，萌生偷念。马冬叫当地派出所把人带走了。

"文曲星"也是这家伙偷的，可惜这次女生命不好，已经销赃。即便没找回来，女生还是要请马冬吃饭，表示感谢。校门口的饭馆物美价廉，马冬跟着女生去了。女生问马冬怎么就能判断出"长发女生"是嫌疑犯呢，马冬说看眼神、看走路姿势，"长发女生"走路一看就是小腿肌肉特发达的那种，完全不符合长发白裙的气质。

菜上来，边吃边聊。女生和马冬在同一座县城，两人初中也是同一所中学，她比马冬小四届，学的是工业外贸，打算再考个本校的研究生镀镀金。

女生从马冬这儿听到许多闻所未闻的事情，不知道县城还发生着那些事情，同时也对马冬心生敬仰。吃完，马冬说他结账，毕竟女生还在花父母的钱。女生不让，说必须尽一次地主之谊。马冬要回去了，女生让他路上注意安全。省会到县城，开车三个小时。三个小时后，马冬收到女生的短信，问他到了吗，马冬说刚到，放心，睡觉吧！女生回：晚安！

从此，马冬每天都会收到女生的短信，问他干吗呢，马冬每次也都回，在开车、在审人、在吃泡面、在蹲点……女生又发，考研初试上线了。马冬说，厉害。女生再发，复试也过了，录取了。马冬说，高材生！

在女生研究生入学那天，马冬送了女生一台笔记本电脑，他觉得自己中专文化，跟研究生没法比，也许一台电脑能在两人之间架起一座桥梁。女生觉得太贵重，不要。马冬说我成天外面跑，用不上，卖家也不给退，物尽其用，只有你留下，才是它最好的归宿。女生只好留下。吃完饭已经很晚了，马冬要坐长途车回县城，女生说别太辛苦，在这儿住吧。给马冬在校外找了宾馆，宾馆有网线，女生就拿着笔记本电脑来上网装软件。当晚，女生也住在了这个房间里。第二天，马冬回城，女生回校，两人在车站吻别。

都知道马冬有女朋友了，常看到他一个人微笑着对着手机打字。

一年后，马冬悄悄在省会买了一套两居室，精装修，他太忙，没时间去装。

女朋友问他贷款了吗，压力大不大，她可以找份兼职。马冬说不用，钱是家里凑的，让她安心上学，等毕了业两人就在这房里结婚。女朋友说你怎么知道我毕业后会留在省城，马冬说你是研究生，回县城无用武之地。

马冬平时都在县城忙，给了女朋友一套钥匙，让她去住。尽管一个人独守空房，生活条件总归比学校好，女朋友一点点给房子添置东西，弄得越来越像家。马冬太忙了，即便挤时间，一个月最多也只能来房子一趟，女朋友会做好饭等他。吃完饭，两人共度良辰。天亮后，马冬在"注意安全"的叮咛下，匆匆离去。这时候，马冬更深感那位上帝的权威。

但上帝不会总是义务出现，有时候也要求人做一些高成本的事情。"四人组"召开内部会议，有件事儿需要马冬办一下。县政府要修一条公路连接山上的贫困村，该村因交通闭塞，一直穷。现在有人想承包这里的地，种核桃，帮这村摆脱贫困，条件是政府把路修好，方便出入。政府找专家出方案，最省钱的办法就是架起一座高架桥，让公路从山下直达山上的村子，比修盘山公路省钱，还方便客户出入，并且能跨过一条河，少走几十公里。方案定了，不是什么大工程，霍主任就把施工权承包给谭老板。前面都挺顺利，眼看就贯通，只剩跨河大桥部分了。其实也谈不上大桥，河不宽，河道宽，因此桥长设计了三百米。奇怪的是，某一位置的桥墩浇筑了两次，都没成功。专家跟谭老板说，这不是技术问题，是风水问题。民间的说法是，河里有水怪或水神，需要打点，古而有之。谭老板问怎么打点，专家半遮半掩，说需要点儿特殊供品。"有话直说。"谭老板踢着河道上的卵石，拧着眉头。专家凑到谭老板身边，压低声音，说要用活人祭奠，在浇筑水泥的同时，把人浇筑进去，俗称"打生桩"。谭老板说扯淡。他不信这个邪，又进行了一次施工，依然没成功。不得不信了。

工期很快就到了，谭老板打算三天后再施工一次，所以召开了"四人组"会议，跟马冬说，"咱们三个里，这事儿就你适合办。"

这次会议霍主任不在，马冬这才明白为什么"四人组"开会，只来了三位。谭老板说，大街上那么多流浪汉，你随便薅一个，为大桥作贡献总比在街头忍饥挨冻强，帮他解脱。马冬没说什么。陈老板问马冬，省会的房子住着还好吧？马冬说，建桥这事儿霍主任怎么说？谭老板说，项目是霍主任分下来的，不按时完工，他面儿上也挂不住。马冬问施工的是什么人，谭老板说这事儿让工长亲自上，工长是他亲戚。马冬说，大后天晚上？谭老板说，对，必须晚上。

四天后，人们看到一座崭新的大桥横跨河道之上。

通车了。

验收合格那天，"四人组"也吃了庆功宴。马冬被敬了许多次酒，也主动喝了很多，直至断片儿，被抬进星级酒店的客房。

之后，马冬似乎就没再醒来过。女朋友给他发短信，说都两个月没见了。马冬回复一个字，忙。女朋友说那我周末回家见你，马冬说待定，不知道会不会出警。女朋友说那你不出警的时候告诉我，马冬说，可以。女朋友却迟迟等不到信儿。

女朋友的短信渐渐变成：你到底在忙什么？马冬一天以后才回复：办案。女朋友说我在你生活里算什么，马冬没有回复。女朋友打马冬电话，马冬也不接。女朋友只能又在短信里留言：想分直说。马冬还是没回。女朋友又玩命地打了几天电话，马冬都没接。女朋友发来一条短信：想跟你分手都联系不上你，你说这手是不是必须得分了？马冬依然没回复。

三天后，马冬收到一条短信：钥匙留在屋里，我的东西拿走了，门撞上了。

马冬如释重负。

办案上，马冬也晕乎乎的。抓了个嫌疑人，取证员怎么审都不说，马冬让取证员出去，他来。

马冬进门就一句话："我没时间跟你废话！"

半小时后，马冬出来了，嫌疑人还是没说，马冬让人进去给嫌疑人擦擦。

结果不是流点儿血这么简单，嫌疑人肋骨也折了。马冬不是第一次这么审了，以前不用激烈到这程度，嫌疑人就招了。但是这次，马冬放了大招儿，嫌疑人还是一口咬定和自己无关。肋骨骨折需要卧床休息，没等嫌疑人出院，嫌疑排除，真抓错了。伤者不干了，起诉马冬，要求赔偿医药费，并且将马冬驱除出警察队伍。

闹得挺大，对方上面也有人，事情不好办。

霍主任出面调和，对方说可以不开除，但必须全局通报批评，且让马冬当面道歉。霍主任劝马冬，就这样吧，服个软儿，挨个批，留住青山不愁没柴。马冬偏偏不服，就是不道歉，还是那句话："我没时间跟他废话！"

马冬主动脱掉了警服。大家都觉得他疯了。

"四人组"召开没有马冬的三人会议，认为马冬不适宜在县城久留，不定又做出什么疯狂之举，于是给马冬弄去海南打理陈老板那边的公司。陈老板陪着马冬南下，明里部署工作，暗中监视马冬。

　　这一次来海南，陈老板带马冬去了很多地方，他经历了许多人生中的第一次。南方姑娘让马冬忘掉了北方的那段恋爱以及随后的疯癫岁月。这里植被茂密，同样是绿色的树叶，这儿的绿比北方的明亮、晃眼，油汪汪的，像涂了一层蜡。人身上每天也汗津津油汪汪，像抹了蜡，仿佛到了一个不真实的世界。这个世界和北方的世界截然不同，来到这里之前，马冬特意往行李箱里装了几块搓澡巾，他爱搓澡，搓完用能把皮肤浇红的温热水一冲，擦干身子往床上一躺，毛孔张开，全身参与呼吸，舒服死了。但是来到这里，马冬发现搓澡巾用不上了，温度太高了，而且潮湿，每天用凉水洗澡就可以，一天至少两个澡，身上根本就没有需要搓的东西。生活因此少了一套乐趣，但更多别样的乐趣扑面而来。

　　看着马冬痴迷于花天酒海中，陈老板放心了，海南工作正式交付马冬。工作内容对常人很难，对马冬没什么技术含量，就是接收海上运来的家电，发往内陆。有时候集装箱里也藏几辆汽车，或拉几罐石油。

　　马冬在这儿一待就是十年，名下有了海景别墅。过年回到县城，同学再聚会，吃喝玩乐聊起来，马冬觉得自己已远远将他们甩在身后，没必要再参加这种档次的聚会了。

马冬义无反顾地享受着这些，这一切不光是辛苦所得，更是对自己的补偿。

<h1 style="text-align:center">9</h1>

直到一个年轻民警的出现，打乱了马冬的生活。

卖油是马冬所在公司的业务之一，进油和出油的方式，和加油站不同。他们的人开着"中巴"到公海上，从"大象"上接油，再用"中巴"把油运到没设海关的码头，改装过的油罐车和游船等着接货，运至各下游经销商手里。他们管中型走私游船叫"中巴"，"大象"是大型油轮。海南油价比内陆贵，这么干利润极高。

有一天，"中巴"刚接完油，正往码头开的时候，船上雷达监测到有执法船正向这边驶来。"中巴"赶紧调头，往公海开。雷达显示，执法船越来越近。"中巴"开始往海里泄油，船尾划过的海面上，浮起一层斑斓的油膜，海浪涌动，阳光照耀下，像一块硕大无比的油画调色盘。

执法船靠近了，用喇叭喊话，叫"中巴"停下，接受检查。"中巴"只管一个劲儿往远了开，留下一条壮观的"油尾"。执法船鸣枪警告无济于事，直到两船靠近，执法警察跳上"中巴"，才让它停下来。检查油舱，油已经泄完了。"中巴"被扣留，船员被带走审问。

马冬很快得知消息，也知道主办此案的是名年轻警员，托人给他捎话，放人放船，提要求满足。主办警员说少来这套，也给马冬这边捎话，不仅不放人，还要把马冬他们也抓进来。马冬派人去查，一个年轻的小警察，什么门路，口气这么大。

结果无门无路，小警察是接了他爸的班，他爸就是缉私警，海上抓走私贩的时候，被扎了几刀，又给推海里去了。发现的时候，人已经死了，在海上漂了一天。那时候这小警察十二岁，后来作为英烈家属，念了警校，去年毕业后顺理成章当上缉私警，接他爸的班。

马冬觉得这就有点棘手了，但还是想约这位姓杨的小警官吃顿饭。

中间人帮着约好，马冬先到了，坐在包间里喝着茶等杨警官。杨警官准时进了包间，穿着警服，中间人介绍大家认识。马冬还习惯开北方式的玩笑，握着杨警官

的手说，"吃饭还穿警服，给我们压力呀！"杨警官的
海南普通话在马冬调侃的北方话下，显得异常严肃，说
随时待命，接到报案还要走。马冬拿出见面礼，说先把
这个给你，省得一会儿你走得急忘了。是条皮带，包装
精美，顶级大牌。杨警官说谢谢，不用客气，警局发皮
带。马冬说你总有脱掉警服穿便装的时候吧，总有跟女
朋友出去的时候吧，我又不求你办事，就是朋友间送条
皮带，"不是走私来的，里面有商场的发票。"杨警官说
好意领了，这警服他不想脱，打算一直穿到退休。马冬
笑笑，"那也挺好，先吃饭。"

　　杨警官是95后，说话办事直。菜没上齐，先主动
说，知道马冬为何约他，但是公事公办。马冬也不掖着
藏着，说知道你爸爸的事儿，可我们不是他们，也不同
于他们，"而且人活着得往前看，让生活更幸福"，所以
希望能和杨警官交个朋友，有事儿互相帮助。杨警官说
朋友可以交，希望是那种淡如水的君子之交。说着，杨
警官给之前一直空着的酒杯里倒满白酒，敬马冬，说自
己从来不喝白酒，今天第一次，希望喝完这杯酒，双方
就回到君子之交。他先干了。马冬也微笑着干了。

　　后来杨警官还真接了个报警电话就走了，皮带也没

拿。中间人有点儿躁，说这些小崽子就是不懂规矩，不尊老爱幼，不像咱们那时候，有里有面儿。马冬说他们小时候吃的玩的看的跟咱们不一样，想要的东西也不一样，老一代那一套也挺没劲的，"新一代不屑咱们，挺好。"

杨警官在这事儿上紧追不舍，马冬让成品油的事儿先停一停。陈老板知道了有杨警官这么个人，问马冬打算怎么办，不能因为一个小警察就耽误公司这么大的业务，海外发货商见这边不走货，都不愿意供货了。马冬说现在风声紧，要不要先干点儿别的。陈老板说风声一直没松过，事在人为，成品油这块不能丢，想想办法，"不行就让小警察消失。"

被马冬猜到了。

根据陈老板的风格，走不过去的地方，必会这么做。

马冬也想过，这事儿会交给自己去办。在见到陈老板之前，马冬已经做好打算，杨警官没有道理需要消失，至少他不会让杨警官消失，如果陈老板真走这一步，马冬打算自己消失。海南的这些年，他累了。

马冬找了个蛇头，帮自己去泰国，从此人间蒸发。

这些年确实挣些钱，也越挣越不踏实，马冬长了个心眼儿，几年前就在国外开了账户，大头儿都转出去了。他早知道得有这么一天，终于到了。

这时候马冬接到当地刑警队队长的电话，就是马冬在警察比武大赛上结识的那位，当年两人一个房间，后来马冬为了调查老董和傻孩子案，来海南找过他。现在他到了另一座城市当刑警队长，正好是马冬来海南经商的这座城市。马冬到了这边后，两人又联系上了，见面次数不多，他不清楚马冬具体做什么生意，也不问，两人在一起就是喝酒，叙旧。每次都是马冬约他，这次他约马冬，说是要了解点儿事情。马冬估摸会是杨警官的那事儿，拿着两瓶好酒去了。

两人吃喝得差不多了，刑警队长让马冬跟他回队里一趟，马冬一愣，还是跟着去了。不去也不行。

刑警队长没带马冬进审讯室，两人就在公共区域面对面坐下，旁边的警员见状，赶紧拿着纸笔坐在一旁，一言不发却早有准备。另一警员用一次性纸杯端来水，放在马冬手边后，也在一旁坐下，掏出录音笔。

刑警队长先开口了，问马冬，还记得办过一起吸毒坠楼案吗？马冬自然记得，虽然当警察期间办案无数，但命案就那么几件，而且这案子还促成马冬日后抓了毒贩，得了"省十佳"。

"你怎么知道我办过这案，我跟你提过？"马冬问。

"没有，最近我们抓了一人，他说起这案子，我们一查，这案子是你办的。"刑警队长说道。

马冬好奇："什么人，怎么能知道我们县城的案子？"

刑警队长："就是你们县城的人，你应该认识，他原来在坠楼的那个酒店当经理。"

马冬想起来是谁了，新千年后他和这人见面就少了，后来听说这人去了南方，也就没再关注。

刑警队长说缉私大队有个姓杨的年轻警官，问马冬是不是打过交道，马冬说打交道谈不上，就是见过一面。刑警队长继续说，这个酒店经理就是小杨抓的，游轮上开赌场，赌资巨大。落网后，小杨把他送刑警队来了，这人怕事儿，为了减刑，陈芝麻烂谷子的事都抖搂出来，我们告诉他这些不管用，真想早点放出来，就来猛料。他也破釜沉舟，说了你们县的吸毒坠楼案，他说可能不是自杀，他看见了凶手。

马冬顿时觉得脑袋炸开了。

半天没缓过来，手脚冰凉，马冬示意给杯里添点儿热水。

水倒好,马冬捂着纸杯暖手,冷汗仍往外冒。

刑警队长说:"今天找你,就是想了解全过程,怎么就断成自杀坠楼了?"

马冬脸色煞白:"凶手是谁?"

刑警队长说想先听听马冬的破案过程。马冬把能想起来的,照实说了。刑警队长点点头,说听上去都对,但其实都不对,凶手是谁现在还不能说,已经联系了马冬所在省的公安厅,重新调查此事。

马冬说你不应该没抓到凶手就来找我,刑警队长问为什么,马冬说这是规矩,刑警队长说难道你会走漏消息吗,那就说明你知道凶手是谁,骗了大家二十年。马冬说我发誓我不知道,我一直认为就是吸毒过量自杀身亡。刑警队长说那就好,我们一起看看,是谁骗了大家二十年。

马冬已经没有心情知道凶手是谁了。他觉得自己很失败,让一桩案子错了二十年,凶手逍遥法外,他还沾沾自喜当着"省十佳"。

他觉得自己会成为一个笑话。

现在真的到了该走的时候,再不走就来不及了。酒店经理一定也会说出他曾经在娱乐城打过麻将的事情，他还赢了钱。别人会嘲笑他，他不想亲耳听到那些笑声，那些经过二十年发酵后的笑声，他也没有理由让杨警官消失。而离开，这一切就不会发生。

他输了，输得一败涂地。但是，这样他能活下来。不会再像个人，只是活着。

马冬没有想到，他少年时期对未来的种种幻想，并为之付出的努力，使他成了现在这样。

10

蛇头带马冬来踩点儿，到了乡下。下了车，穿过一排椰林，是一片礁石滩，大大小小的礁石散布在沙滩和海水中。一块大如小山的U形礁石像堵墙，将沙滩切断，需要从海面绕过去，才能走到石头后面的沙滩。

"到时候就在这石头凹槽的位置上船，不容易被看见。"蛇头说。

"什么船？"马冬问。蛇头说，小船。马冬又问，不容易翻吗？蛇头说，翻过，但我们只用小船，大船容易被发现。

马冬只能用这种方式出去。如果在海关留下出入境记录，中国政府通缉的时候，当地政府会配合中国政府在当地抓人。

马冬看着面前一望无际的大海，问："哪边是泰国？"

蛇头指了一个方向说："这边。"

马冬指着另一个方向说："我还以为那边呢！"

蛇头说那边是菲律宾，也能去，价格一样。马冬说不用，就泰国。

蛇头从包里抽出三支香，用防风打火机点着，交给马冬，让他先拜东南西北，最后拜天和大海。从这儿走的人，都要这么拜拜。马冬刚拜完北东南，正往西面转的时候，突然石头后面闪出俩人，一老一年轻。年轻人相貌奇特，手拿鱼叉，披着斗篷，冲着马冬说：

"举起手来！"

马冬一愣。

年轻人旁边的老者也抬起手中的劣质塑料左轮手枪说：

"请举起手，配合一下，谢谢！"

马冬看着面前这两人，从年轻人的脸转到老者的脸，又转回年轻人的脸，刹那间感到天旋地转。这对不光在他生活中消失了二十多年、在他记忆中也消失了的父子，突然以这种方式出现在他面前，让他如坠梦中。

这时拍打在礁石上的一滴浪花溅到马冬的脸上，他感觉凉了一下。

马冬认出来，这是老董父子。

三、实际经过

1

马冬坐在老董对面，两人中间是一口铜火锅，炭刚放进去，锅还没开。扣着盖儿，不知道老董在锅里放了什么吃食，有海货的鲜味儿飘出来。

锅的周围摆了三碟凉菜，花生米、拍黄瓜和拌萝卜皮。店里只有三张桌子，确切说是院里只有三张桌子，马冬和老董占据了一张，那两张没人坐。老董说今天特别，不接客了，关了院门。他是这家名为"铜锅仔"小店的老板。

"铜锅仔"这名字叫了二十年，老董说，从开这个店，就叫这名字。铜锅是北方特有的，在这儿开店，得有自己的特色，二十年前铜锅对海南人是新鲜物。

在什么后面都加个"仔"挺时髦的，符合南方人的习惯，所以想出这名字。生意一直还行，也就没改名，一路叫下来。

对了，啤酒。老董起身，去冰柜取出两瓶啤酒，又坐回来，问马冬，不痛风吧，海鲜啤酒行吗？马冬说尿酸有点儿高，还没到痛风的程度，可以喝点儿。

老董启开啤酒说，我还是第一次跟学生喝酒。

刚刚在海边，马冬认出了老董。三十六岁的人到六十三岁，长相不怎么变，旁边还站着个傻儿子做注脚。十四岁的人到了四十岁，长相就变了，老董没认出马冬。在马冬的提示下，老董才对上号。

马冬问老董，你儿子不吃饭吗？老董说现在都由着他，想什么时候吃就什么时候吃，想吃什么就吃什么。

从海边回来，伽利略累了，直接进屋睡觉了。尽管已经三十多岁，还是那副面庞——圆脸、宽眼距、塌鼻梁、耳朵偏低、浅眉毛，个儿也没长多少。刚才在海边，马冬留意了他的身上，天疱疮的那些症状都没了，皮肤光润，晒得黝黑，俨然一只入了味儿的熏鸡。

老董说，儿子剩下的日子不多了，所以由着他性子。

涨潮了。

海浪声从院外飘来，一浪接一浪。

"唐氏儿能活过四十，就算长寿了，他今年三十六，大夫说快了。"老董把凉菜往马冬面前推了推说，先吃着，锅马上就开。

"具体是哪里不行了？"马冬举杯。

两人一碰，喝了半杯。

"心脏。"老董吃着菜说，"唐氏的常见病，十五年前在这边做过一次手术。"

"来了这边，为什么没再回去？"马冬抓了几粒花生米放在掌心吃。

老董说，其实那次来，大夫已经下了病危通知书，儿子得的是一种免疫系统的病，身上一块块出疹子，不好治，我想的是让他来泡泡干净的海水，死马当活马医，哪怕不灵，至少能让他看看在我能力范围内带他到的最远地方，欣赏欣赏美景。结果竟然好了。

马冬问，好了为什么还不回去呢？老董说，不是一下好的，一点儿一点儿，开始是溃烂不再扩散，后来是出疹的皮肤一点点儿变光滑，不知道跟泡了这边的海水有关系，还是跟气候环境有关系，反正在变好，这时候已经冬天了，海南的冬天依然能泡海水，所以当年冬天就没回去。到了第二年夏天，基本康愈，我想再观察观察，别一回去复发了，这是要命的事儿。于是又待了一年。等觉得这事儿算过去了的时候，到这儿已经两年了，也没回去的必要了，回去也是给人添麻烦。

"你俩一失踪，家那边就立案了。"马冬说。

这时候锅开了，往外溅汤儿。老董揭开盖儿，一团水汽散去，咕嘟着的黏稠汤汁中，呈现出摆放整齐的虾、八爪鱼、扇贝以及丸子、冻豆腐和粉条。

"南北结合。"马冬对锅里内容评价道。

"我刚来这边的时候，海南人不知道豆腐可以冻了吃，我的思路是，这边没什么，我就卖什么，再配合当地特产，店就这么开起来了。"老董把盖儿放到旁边的桌上。

马冬说，我带人搜查的你家，我当过警察。老董说，有时候还真盼着你们早点儿来这边找到我，毕竟我也没给学校信儿，就突然不去了，还占着宿舍——那房子他们又给别人住了吧！马冬说，早拆了，盖了楼，既然不打算回去了，为什么不告诉学校一声呢？老董说，一开始没做不回去的打算，想到的是儿子可能会死在这里，我把他的骨灰带回去。结果一个月后，病情控制住了，但是也不知道能不能彻底好了，我可以让他们看见儿子的骨灰，不能接受他们在儿子还活着的时候说三道四，他们只会看笑话，我得保护儿子不让他变成人们茶余饭后的谈资。进退两难，只能在这边待着，没想到真待好了。

可你出门前，还让范老师再等你一下，我们看过你的笔记本。马冬说。

是，我以为再回去的时候，儿子就不在了，我和范老师也该差不多了，结果儿子的病就出现了我刚才说的情况，说好不好，说不好也在变好，出乎预料，我只能在这儿陪儿子一点点儿康复。老董说。

"你不觉得耽误了范老师了吗？"

"我给她写信了，跟她说了对不起。"

"你第二次来海南后给范老师写过信？"马冬来了兴趣，"她收到了吗？"

"挂号信，应该是收到了，没收到会给我退回来，我没收到退信。"

"信上说什么了？"

"如实说了儿子的病情，还给她看了照片，更主要的是跟她告别，告诉她，我的余生只能给这孩子了，跟她有缘无分，祝她幸福，信上的最后一句我现在还记得，我说我会记住她的，也请她忘了我。"

"给你回信了吗？"

"没，我没给她我这边的地址，她也会善解人意，我信里都写了，请她忘了我。"

2

马冬打探到范老师的现居住地。几个电话就搞定。

范老师没挪地方，还在老家的县城，开了一个水果店。马冬在微信里收到水果店定位的十几个小时后，便出现在水果店门口。一眼就认出范老师。她还保留着二十年前的发型，一侧头发垂下，遮着脸，正给客户称芒果。

马冬装了一袋荔枝，来到范老师面前称重，看到她挡住一侧脸的头发中，已经呈现几缕白色。直到付完款，马冬才问了一句："还认识我吗？"

范老师盯着马冬看了几秒，说："你也有白头发了。"

马冬笑了。

范老师说，当警察就是累。马冬说，早就不干了。范老师说，出差？马冬说，找你。

范老师带马冬去吃柠檬鸭。入座，马冬说趁菜还没上来，先说个事儿——我后来也去了海南，一待就待到现在，刚到那儿的时候，天天去海里泡会儿，因为我有脚气，泡了半年，脚气并没有好。范老师笑了，说，偏方，不是绝对的。马冬说，但是老董儿子的病，真的泡好了。范老师顿了一下，说，你来就是为了这事儿吧？

马冬掏出手机，调出过来之前刚给老董和儿子拍的照片，让范老师看。

范老师不看。

马冬收起手机，说他想搞明白一个问题，为什么当年范老师收到老董海南寄来的信，却告诉他她和老董失联了？范老师说，看来你真的见到老董了。马冬说当然，他们父子还在海南，并讲了也是他刚刚知道的情况。

隔窗能看到餐馆对面范老师的水果店，那些张挂和摆放着的色泽鲜艳的热带水果，让话语中的那段北方灰色岁月显得极其不真实。

范老师问马冬养过猫吗，马冬说他从小就对小动物无好感，没养过。范老师说她养的猫，前天刚刚不见了，她也没去找，知道它要死了。猫在死前，都会离开家，死在外面，不希望主人看见它死。马冬问还是以前他看见的那只猫吗，范老师说不是了，这是第二只，上次那只是十年前，也是养到第十年的时候，突然消失。她在养猫之前就知道猫有这一习性，也许关乎尊严，也许就是洁癖，不光猫有，人也有。所以在收到老董海南寄来的信，得知伽利略的病有所好转但仍前途未卜后，她按老董所说，没有去找他，并努力把他忘了。

马冬说，我那时候还是警察，你对警察撒了谎，妨碍公务，重则面临治安处理。

范老师说，我知道，但我只能帮助老董不被你们找到。他没犯法，我愿意保护他渴望享有清净的自由——希望这一行为可算作保护，至少我自己是这么理解。这也让我对接下来的生活有了信心——我都能保护别人了，自己的问题还有什么处理不好的？

3

海南，四季如夏，四面环海，远离内陆。

气候和地理位置的特殊性，决定了这是一个特殊的地方，会吸引一批批特殊的人，来这里做些特殊的事情。正常社会不允许这些特殊事情的存在，公安局搞了一场特殊的活动，把缴获的各种走私船只放到一起拆卸，来传达此意。

副省长、省公安厅厅长都到了，站在大幅背景的展台上，先后发言，表达了对此次活动的支持和未来打击走私的决心。他们身后的背景板上，除了印制着本次活动的主题，还印了一个巨大的拳头，自上落下，拳头下方画了一只很小的被砸断的走私船，二者比例悬殊，犹如一个硕大的铁锤砸碎了一只核桃。这是公安机关第一次在新闻发布会的展板上除文字以外还印了其他内容，据说是杨警官的主意，得到领导支持。

现场等待被拆解的几十艘"三无"船舶有一半是杨警官查获的，穿着橙色的工装、戴着安全帽的工人手拿切割机和各类拆卸工具，整装待发。在领导讲完话，一声令下后，杨警官作为现场执行者，举着大功率喇叭，冲码头上那些无船舶证书、无船名船号、无船籍港的"三无"船舶方向喊道："准备——开始！"

瞬间，电光石火，金星四溅。

　　船像待解的牛，一番操作后，一分为二。杨警官站在船身被切开的裂缝处看着，摄影记者隔着断开的船身，冲着杨警官拍了一张照片，这张照片被用在随后的新闻稿中。照片的前景是分解的船身和飞溅的火星，被虚化处理，后景是杨警官清晰的脸，在火星映衬下，这是一张坚毅决绝的脸，摄影记者肯定是调了色。

　　马冬在手机里看到这张照片，是陈老板发给他的。照片下面是陈老板发来的话：新闻看了吧！

　　再下面，就是新闻的链接。马冬点进去，之前他已经看过，现在又看了一遍。

　　看完，发现微信里有陈老板的新留言：这人必须处理。

　　下面还有两行字，一行是：抓紧！

　　另一行是：后患无穷！

　　此时马冬正在从广西回海南的飞机上，范老师说他大老远跑一趟，怪辛苦的，捎些水果回去，是个意思，其中一箱带给老董父子。马冬笑纳。现在这两箱水果就在头顶的行李舱内，登机后空姐帮马冬放进去的。马冬说千万别压着，空姐说您放心。飞行平稳后，可以上网了，马冬看到了手机新闻和微信。它们并没有扰乱马冬，他拉下遮光板，放平座椅，闭目养神。

刚有睡意，手机又响了，有人加他微信，发来的验证信息是：你是马冬吧？

估计是过去的熟人，马冬通过验证，先跟对方打招呼：你好，哪位？我是马冬。

对方发来：杀了人要忏悔。

马冬举着手机看，差点把手机拍脸上，调直座椅，闭了会儿眼睛，然后翻对方的朋友圈，空的。

马冬问对方：什么意思？

对方发来的还是：不忏悔就会下地狱。

马冬又问：你是谁？

半天没回复。飞机准备降落了。

直到走出机场，对方依然没有回应。马冬不再理会，他知道自己这些年得罪了不少人。这个插曲不会影响到他要做的事情。

马冬又出现在"铜锅仔"，把水果摆在桌上，问老董，猜我见到谁了？伽利略在一旁迫不及待打开水果箱，露出里面的火龙果和芒果，要吃。

老董说先问问客人吃不吃，伽利略拿起一个芒果问马冬吃吗，马冬笑着摇摇头。伽利略举着芒果对老董说，客人不吃。老董说你可以吃了，把皮剥了。伽利略说知道，拿着芒果去了一旁。

老董扫了一眼装水果的纸箱，问马冬，见着范老师了吧？

马冬笑了，说，你怎么知道？

老董说芒果上贴着标签呢，"百色芒果"，广西产的，不同于海南芒果。加上箱子里还装了好几个火龙果，他以前听范老师说过，广西盛产火龙果，那时候老董没见过火龙果，不知道说的是什么。这些水果说明马冬去了广西，而老董和马冬在广西都认识的人，只有范老师。

老董说，范老师应该挺好的吧！马冬问老董为什么这么说，老董说如果不好，你不可能给我带水果来，肯定是别的什么。马冬笑了，说推理这一套原本是自己的职业，现在老董比他还专业。老董说专业谈不上，什么事儿只要心里多想，就能想明白。马冬说这些水果就是范老师送的，她开了一家水果店，也说了他要给范老师看老董父子的照片，范老师没看。老董说，看了又有什么用呢。马冬说他也拍了范老师，问老董看不看。老董说不用了，停在那时候挺好。

马冬剥开一个芒果，吃进嘴里，点着头，很甜。递给老董一个，说他这次来，是想搞明白一个问题，这么多年，老董就没有那么一种瞬间吗——觉得如果没有这个孩子该多好！说完看了眼伽利略的方向。

老董接过芒果，说："有过。"

"什么时候？"

老董说带孩子来这儿之前和刚到这儿的时候，孩子的情况很不好，还没脱离生命危险，看着这里这么美，他就想，就是县长死了都不会埋在这么美的地方：这里有全中国最蓝的海水，比县公共浴池干净，清可见底，看上去喝一口丝毫不会影响健康，倒没准能清洗肠胃。四周是洁白细软的沙子，被海水湿润的部分，踩上去软绵绵，比鞋垫舒服。干燥的沙子如痱子粉，躺在上面又暖和又丝滑。还有那些高耸的椰子树和芭蕉树，比县委大院的绿化好。能在这儿一直待下去，比当县长滋润。

所以，老董动过心思：如果伽利略能葬在此地，沉于海底，也是一种福气。他很矛盾，不知道该不该阻止一个生命的延续。

伽利略一辈子只是四岁儿童的智商，上学就是走个形式，身体这种状况，不可能回到学校了，更不能像别的孩子一样上高中考大学谈恋爱，没有女同学愿意和他回家写作业，他只能成为同学们的一个笑话。而这里这么美，没有人会笑话他，只会羡慕他。如果他死在老董后面，未必会有人给他安排这么好的栖息地，说不定要遭受更多不必要的磨难。当想到这个生命往后的日子烦恼多于幸福时，老董就生起让这个生命轻松一些的愿望。

老董说当他带着儿子来到海南，看到那条漏水的船还在海边时，心里竟然有种感激之情。事后分析，他在这个时候带儿子来这儿，而不是别的什么地方，也是知道这儿有条船，方便"作业"。当美景和那条船如实出现在老董眼前的时候，他再看到儿子身上那一片片溃烂的皮肤和毫无生机的身体，便有了带着儿子坐进去的打算，什么时候会沉他不知道，这要看水什么时候能渗满船舱，他会尽全力把船划到远离海岸线的地方，任其下沉，然后自己游回来。如果游不回来，就在海底陪着儿子了。

做好打算，老董自己先体验了一回死，头扎进海里，憋着气，能听到海浪和心跳的声音。然后故意把海水吸进鼻子里，喝进嘴里，咸，呛，身不由己地从气管里往外喷。他钻出海面。这感觉很难受，但只是几分钟的事情，之后便一劳永逸，能让儿子将来少遭罪。

马冬问，如果儿子沉到海底，而你游了回来，会去找范老师吗？老董说不会，他这时候已经断了和范老师的念想儿，他会以一个杀人犯的身份，开始接下来的无论什么生活——自我惩罚、被抓、坐牢、度日如年，直至孤死。

马冬问在伽利略得那种免疫系统的病之前，老董有过甩掉他的念头吗？

老董说没有，当一个人半夜睡觉的时候，无论是高兴，还是做了噩梦，喊叫的是你的名字，你就知道自己该怎样对他了。

老董很感谢伽利略，他让老董认清自己活着的意义。

马冬问老董最终是否带着伽利略上了那条船。老董说他上去了，但伽利略没上去，他便又下来了。

那天老董已经做好准备，之前他带着儿子在这儿玩了半个月，陪儿子在沙滩上堆城堡。伽利略堆城堡的技术越来越高，起初堆一点儿就塌，老董教他，除了要往高了垒，还要往深了挖。老董亲手示范，伽利略学着老董的方式，能把城堡堆得小有规模了。那天老董看着伽利略第一次堆出一个完整的城堡后，起身来到那艘漏水的船前，刨开埋住船身的沙子，把船往海里推。

伽利略还在一旁修缮着城堡，他打算搭一座大房子，把自己的那面小军鼓放进去——从北京出发，他一直背着它，来沙滩玩也不忘拿上。

老董看着伽利略堆出的那些上下交错的几何形状沙包，觉得伽利略建造着自己的世界，没着急叫他上船，多些时间让他把这个世界建造得更庞大一些。

船头被老董推进海里，新鲜的海水从甲板糟烂木头的缝隙里灌进来，冲散了雨水坑里聚集的红色线虫。随时可以起航。

伽利略比划着多大的沙坑隧道才能把小军鼓放进去。老董想起什么，捡起一旁的鼓槌，交给伽利略，让他演奏一段。

伽利略只会"热烈欢迎"那一段。在咚咚咚的演奏声中，老董辅助着儿子，冲着大海高喊：欢迎欢迎热烈欢迎……欢迎欢迎热烈欢迎……

翻动的海浪像在鼓掌。伽利略庄严地昂头踏步，脚踩进海水，溅起浪花，敲得更带劲。曲毕，老董站进船里，举着船桨，召唤儿子带着军鼓坐进来。

伽利略摘下鼓，正准备上船，一个浪头卷来，冲坏了他的城堡。

伽利略赶紧跑向城堡，躺在地上，用身体挡住海水，不让它冲垮城堡。

瞬间，伽利略的上衣被海浪湿透。伽利略脱掉上衣，满是疮痍的后背挡在城堡前，抵抗着海浪的侵入。海浪越来越大，撞击着伽利略的身体，裹着沙粒，漫过伽利略。

很快城堡被夷为平地。涨潮了。

沙滩一片光洁，看不出这里曾有过一座城堡。

伽利略躺在海水里，失声痛哭。老董把船推回岸上，想今天先算了，怎么着也得让儿子痛痛快快搭一回城堡，明天再说。

老董背起被海水浸湿的儿子，离开沙滩。晚上，老董留意了电视上的天气预报，很欣慰明天也是个好天气。

老董给儿子买了螃蟹。儿子吃完心满意足地睡了，手里握着螃蟹的两个大钳子，说明天去海边堆城堡时再吃。老董守在孩子身旁，迟迟睡不着，睁着眼睛，直至天亮。

结果第二天，也是城堡刚堆好，又一个浪翻上来，伽利略再次用身体保护着城堡。无济于事，海潮淹没了一切。伽利略又哭，老董只好再度把儿子背回去。

第三天，依然如此。第四天照旧。

看着前赴后继的浪头和浪头下弱小的儿子，以及儿子身后即将化为乌有的城堡，老董突然获得某种启发。他可以像儿子那样，活得傻点儿——即便保护不住城堡，也不能因此就对大海屈服。

老董对马冬说，这一刻他哭了，哭到拿着手绢擦眼泪那程度了——他爱出汗，随身带着手绢，当老师的时候就这样，马冬当年可能看到过他从兜里掏手绢。

对抗大海是有奖赏的。

伽利略背上的疹子，不再是鲜艳的粉红色。老董又观察了半个月，没有更多的疹疱长出来。两个月后，疱疹溃烂的程度小了，颜色更黯淡了。大夫说这是好转的迹象。从此，老董每天带儿子来海边堆沙子，然后孩子在涨潮后用身体保护着城堡，任海水冲刷、浸泡。一年后，伽利略的后背平整如新。大夫说算是痊愈了，但会不会复发不知道，这种孩子免疫力低，还得注意。老董觉得既然这里环境好能治病，干脆就不走了。

马冬问老董觉得这么过一辈子值吗，老董说十几年前他也想过这问题，当时伽利略的皮疱疹已经好了，也不再满足于每天保护会被海浪冲垮的城堡，习惯了这一无法改变的事实后，转而热衷于抓海盗。这是伽利略从电视上看到的，外国电影里演过，浩瀚的海面，神秘莫测，运珠宝的船只经过时，总有海盗不知从何处冒出，抢走财宝，把人杀掉，推进大海喂鱼。伽利略说，海盗太坏了，他想去抓。于是老董就陪着伽利略在海边巡逻，风吹日晒，乐此不疲。

这么过一辈子值不值的念头，就是这时候在老董脑中闪过的。闪过的同时，又觉得这个问题并不存在，因为他选择了这样的生活。值不值，是在不知如何选择的时候才会考虑到的问题，现在的生活是老董认定自己应该去过这样的生活，已经选择好了。

马冬说你对正在过的这种生活以外的生活，没一点儿好奇心吗？老董说好奇心人都会有，他好奇的是自己能多大程度上参与到现在这样的生活里，能走多远。

马冬又问老董，你那本儿怎么没带着，就是你在上面记了很多东西的那个本儿，不想继续记了？老董说没不想带，但有时候越觉得不会落的东西，越容易落下——本儿我就放桌上了，想第二天临出门时再装包里，说不定到时候还想写点儿什么。结果第二天就直不棱登地走了，忘了一干净。直到上了火车，在卧铺坐好，掏出笔想记点儿什么，才发现没带着。到了海南，我又找了一个本儿，打算接着记，但是因为是新本，总感觉哪儿不对，下不去笔，就把想写的在心里跟自己说。

"非要写点儿或说点儿什么吗？"马冬问。

"太有必要了。"老董说他做过试验，同一件事儿，你认真地写下来，就好像跟神明有了交流，他能给你打气，让你别犯错。要是不写，你就会稀里糊涂凑合事儿，蒙混过关。所以，写下来对老董来说，就像驾车长途旅行经过加油站，给人和车加完油，能开得更远。不得已习惯了在心里跟自己说话后，老董发现他不需要那个本儿了，只需要每天陪着孩子去海边巡逻。

马冬听着，等老董说完，他说：

"我有一个主意，让伽利略真抓一次海盗！"

4

马冬带着"中巴"又去公海上接油了。船工说马总不用您亲自跑一趟，马冬说现在查得紧，万一碰上姓杨的警察，得他出面。

马冬刚刚剪过头发，两侧鬓角的头发呈毛楂儿状，露着淡淡的头皮，衬得人精神利落。穿得也比以往整洁，牛仔裤休闲西装，里面是一件崭新洁白的衬衣，这一身出现在沾满油污的"中巴"，很不合时宜。裹着衬衣，也能看出马冬的健硕，从考入警校至今，他保持着每天做三十个引体向上的习惯，即便不当警察了，晚上应酬多了，从酒场回来，他也不会漏做，甚至会多做十个，利于把酒精散发出去。他更喜欢清醒的自己。

马冬让船工搬来把椅子，他坐在甲板上，吹着风。晴朗无云，天是蓝的，海更蓝，海天接合处有一道蓝和更蓝的分界线，深邃辽远，仿佛永远无法到达的世界尽头。

手机响了，马冬打开看。

你忏悔了吗？

又是飞机上加了微信的那人发来的。

你到底想说什么？马冬回复。

希望你能进入天堂。

我去那儿干什么？！

过了片刻后对方发来：你知道二十年前县城酒店吸

毒坠楼案的凶手是谁吗？

你是那个县城的人？

不重要。

你知道谁是凶手？

知道。

马冬说，你瞒了二十年？

对方说，你也是。

马冬说，我没瞒，我在现场采集到的信息，只有坠楼者本人的。

对方说，坠楼案不是自杀，你一点儿不吃惊吗？

马冬说，有目击者在你之前说出这件事情。

还有目击者？谁？

一切都会真相大白。快了。

你期待凶手露面吗？

没有人比我更想知道他是谁，骗了我二十年。

对方说，希望你和他一起被救赎。人在做，天在看。

马冬在船上抬起头，真的看了看天。广袤蔚蓝。然后用手机视频拍下蓝天，镜头转向自己，说了一段话，给对方发了过去。

视频里，马冬说他马上就要和警察见面了，如果对方有想提供给警察的信息，他可以转告。

对方回复说：你好像胖了，想套走我的信息没那么容易。

马冬又拍了一段视频，介绍着走私船，指出哪里的油布下面盖着油舱和油管，里面装着走私油，最后把镜头冲向自己，说玩够了，打算把自己和这一切都交出去。

对方说，你说的如果是真的，终于做对一次。

马冬说，你好像知道很多。

对方说，我知道你打生桩。

马冬说，可以视频吗？

片刻后，对方发来视频邀请，马冬接受。

屏幕上出现一个包裹严密戴着墨镜的女人，声音也经过处理，有一种卡通效果。马冬问咱们以前见过吗，女人说见过，马冬说我一点儿想不起来你是谁，这个微信号马上会由警察接管，把你知道的告诉警察。女人说警察也有断错的时候，比如吸毒坠楼案。马冬说但事实不会被掩盖，终归会有人发现真相，并提醒女人，如果她掌握很多信息，要注意安全。女人说她在国外，否则不会贸然给马冬发微信。马冬说，既然想整我，为什么要提前告诉我？女人说她不是为了整马冬，是帮马冬走出黑暗，还清对世界的亏欠。马冬说我不明白你为什么要这么做，但请保管好你的那些资料。女人说她已经将原件存在国外银行的保险柜，也给律师留了话，她出了意外，律师会出面的。

"中巴"保持着航速，船工们在各自的位置上开始做着卸船前的准备。马冬认真地告诉女人，就他所知，从她透露出的这些信息看，她掌握的情况并不十分准确。

女人一惊。马冬说但是你可以配合警方，也要相信警方，我知道，所有警察都会以发现真相为己任。说完，马冬让女人保持视频通畅，他把手机挂在船头的旗杆上，岸边的青山已隐约可见。

"中巴"向约定好的码头驶去，那里等候着十余辆洒水车，到时候会装上"中巴"拉来的油，把它们分发到各网点。

岸边的山越来越清晰，山上的绿色由一片朦胧的绿变成一株株枝繁叶茂的树。一艘小艇出现在手机画面中，也出现在马冬的视野里。是艘民用小艇，"中巴"船手不以为然，任它慢慢靠近。

小艇上有两个人，是老董和伽利略。

马冬看清了老董，老董也看清了马冬，双方都露出满意的笑。

　　伽利略举起手中的鱼叉，冲着"中巴"的船头喊道：

"停船！"

　　老董掏出手机给伽利略，伽利略拨打了110，对电话里说：

"这里发现海盗！"

　　船工们看到马总莫名其妙的举动，不知所措，摘下救生圈，纷纷跳船。此处离岸边已经不远。

　　船上只剩马冬一人。老董带着伽利略登船，伽利略端着鱼叉，守在马冬身旁。老董问马冬，有什么日后需要代办的事情吗？马冬说都安排好了，然后问老董，知道意大利的那个比萨斜塔为什么那么有名吗？老董说，因为它不是正的。马冬说，"答对一半。"

　　这时稽查船来了。杨警官带着人登上"中巴"，掀开遮挡油舱的帆布，看到了成品油。

　　马冬上前和杨警官交谈，冲着船头挂着的手机指了一下。

　　杨警官走过去，摘下手机。

　　马冬的微信里多了几十张图片，有的是文字记录的照片，有的是合同扫描件，还有一些银行转账记录，都是那个女人留下的。最后是一个耶稣背着沉重的十字架行进在风雨交加的路上的动态表情。

在马冬被带下船的一刻，老董问了他，没答对的一半是什么呢？

5

女人提供的证据极具价值。马冬也录了口供，知道的都说了。根据抓获的前娱乐城经理提供的线索，海南警方和县城所在省的公安厅联合出击，让二十年前坠楼案的真相浮出水面。

女人姓白，马冬还真见过，不止一面，是坠楼者的亲姐姐。白某的小学和中学是在市区的学校度过的，高中毕业后没考上大学，父母给她弄进本市的玻璃厂，四年后和该厂的司机结婚。司机是开货车的，老把车偷偷开出去，带白某兜风。白某被车窗外灌进的风吹晕了脑袋，半年后就和司机结婚了。婚后白某依然喜欢坐他的车，他去外地送货，赶上白某休息，白某就陪他出车，两人在车上说话、吃饭乃至亲热。后来白某坐腻了货车，玻璃器具都是送往乡村的供销社，她不再能忍受路上的颠簸，就不再陪着出车。丈夫一个人在外地没意思，喝酒解闷，上了瘾，经常醉醺醺回来。

喝完酒的人会变个样儿。有一天丈夫一身酒气回来，到家就把鼻子往白某身上贴，说白某身上有别的男人味儿。白某说你再好好闻闻，丈夫吸着鼻子说，就是有。然后扒掉白某的衣服，撕咬白某，白某推开他，说你疯了吧，丈夫说我就是疯了，然后把白某压在身下，强行同房。此后，类似的事情时有发生，白某身上长久出现着像厂里设计的新品彩色玻璃器皿般的伤痕。

两年后，白某离婚了。从玻璃厂辞职，找了新工作，帮一个个体户老板卖家具。那年头儿个体户刚出现，大家都觉得这是瞎闹，扔了铁饭碗去给个体户打工，没人看好。

进入九十年代，搬楼房的多了，需要换家具，本市没有公家的家具店，以前家具都是自己打，现在有了现成的家具卖，样式比自己打得好看，大家也不管是公家的还是个人的，都去买了。家具店老板很快就成了每个家庭中主妇嘴里的典范，被她们用来撺掇自己老公打破铁饭碗迈出致富第一步。这家店，用现在的话说，就是本市第一家网红个体店。如今它已经是省内知名企业，纳税先进单位，当年只是一家八十平方米的小店。

开业七年后，在市区站稳脚，老板要在县城开分店，就把白某派过去。白某并不愿意下到县城，恰好她亲弟弟高考失利，要去县城的高中复读，那里能住校，管得严，接收复读生。为了离弟弟近点儿，白某接受了派遣。

白某的职位是店面经理。说是经理，全店就她一个人。有抬家具送家具的活儿，就大街上临时叫个蹬板车的，连搬带送一起干了。如今的大品牌，当年只是小作坊，所有人都为挣口饭钱，没想过每年纳了多少税解决了多少就业这类日后经常被挂在嘴边当成企业责任说出来的事情。

白某到了县城，遇到霍某，后者时任县委办公室主任。两人曾是高中同学，霍某是从县城下面的一个乡考入那所高中的，上学期间住校，家境不好，和很多男生一样，暗恋过白某。白某当年是班花，市区户口，双职工家庭，霍某不敢高攀。高中毕业后，两人都没上大学，霍某回到乡里，在乡委会当文书。四年后，霍某结婚，娶了一个跛足的姑娘。姑娘的三舅在市里是个领导，婚后一年给霍某弄到县里任职。白某则一直在市区的家具店上班，基本工资加提成，比事业单位挣得多，干劲儿足，深得老板重用。日后开分店的时候，成了店长首选。

白某是在分店开起来半年后，遇到霍某的。霍某不是那天才知道白某到了这座县城，早在一个月前，霍某骑车下班，途经家具店门口，就看见了马路对面的白某。当时白某正坐在店门口的板凳上吃着冰棍，夕阳落在她的白色连衣裙上，白中泛橙，脸上呈现出油画中人物才有的光泽。她正吃着一根绿豆冰棍，眼神放空，享受着这一时刻。霍某停下车，借助电线杆的掩护，认真端赏斜对面的女人。当年婴儿肥的脸长开了，五官立体，女人味儿十足，作为已婚的男人，看到这样的女人，都会认为这种绽放的美丽比高中时候那种青涩的美丽更美丽。

一个月后，霍某佯装买家具，走进白某的店，眼睛打量着家具，让白某先认出了他。随后，他也表现出见到昔日同学的惊喜，寒暄，问询，并拿走一张家具店的名片。

没过多久，霍某给家具店打电话，问白某那儿有没有办公桌。白某说她这都是过日子的家具，没办公家具。霍某说县委的办公小楼盖好了，县委要从平房搬到楼里，以前的办公桌太破，腿儿都不一样高，抽屉也拉不开，要全换新的，建议白某搞一批办公家具，他负责采购，可以从白某这里订货。

分店在县城开业后，还没开过大张，房租和工资压力大，老板说再撑半年，仍入不敷出，就把分店关了。关了分店，白某自然要回到市区，再回到总店，不会有她位置了，即便老板出于人情给她留下，安排个职位，她毕竟让一家分店倒闭过，也不好意思再干了。现在终于有了订单，白某的热情被点燃，汇报给总店。老板急忙从南方调货，五天后运来三种款式的办公桌，霍某选中一款，订了五十张，又追加了五十个书柜，连同会议厅的沙发、茶几、食堂的板凳，差不多一座办公小楼里需要的大小件家具，都在白某这儿订了。

事后，白某请霍某吃饭，感谢之情和老同学之谊都融进酒菜中。白某不乏溢美之词，不提高中时代霍某多么不起眼，只说现在他的工作在全班同学里应该是最让人羡慕的。这时候白某只知道霍某已婚，不知道霍某的工作是老婆家给安排的。霍某也在酒精的作用下，吐露心声，说上班虽在县委大院里，下班回家后的生活和县城的每个人一样普通，精打细算过日子，家里想换张席梦思都盘算半年了，也没换成。白某说好办，明天就让人把店里那张给你拉去，只要你看得上。霍某说瞧你说的，我一个睡木板床的还有什么看得上看不上的，先说好了，怎么也得给你个成本价。白某说不用，你帮我这么大一忙，让这店活下来了，送你。霍某说你这样让我很难办，下次无论单位还是家里买家具，都不敢找你了，不收钱，我不要。

白某对霍某顿生好感，对这个昔日并不引人注意的同学肃然起敬。霍某说那床什么尺寸呀，我家地方有限，差一点儿都搁不下。白某说我现在就去给你量。饭也吃完了，霍某跟着白某一起去了家具店。

家具店有两间小屋，外屋摆放的是桌椅板凳，里屋摆放的是床和衣柜，符合逛店人进门后的心理。白某打开里屋的灯，那张席梦思就横卧在正中央，四周摆着衣柜、化妆台等立件家具。白某拿着盒尺量了尺寸，霍某帮忙托着尺子。长度正好，横向宽了，霍某家放不下。

霍某很遗憾，还有些不好意思，"我家太小了"。

白某说她问问厂家有没有窄一点的，还让霍某先体验体验，躺上去试试。霍某早就想感受一下了，借着酒劲儿，也没客气，多半身躺了上去，脚穿着鞋，留在床外。白某纯因热情，让他脱了鞋，全躺上去，翻身再感受感受。霍某不再见外，脱了鞋，全身倒在垫子上，闭上眼睛，腰腹上下颠腾，身体起伏，感受弹簧床垫的托力，然后又左右翻身，最后趴在床垫上，面带悦色说，"确实舒服。"

白某说她看店累了的时候，就把门一关，在上面躺会儿，这种时候，这份工作的价值就体现出来了。霍某往旁边挪了挪，腾出一块地儿，说那你也躺会儿吧！白某笑了笑，说现在不累。霍某拍着身旁空着的那片床垫说，求你了，躺会儿吧！白某又礼貌地笑着说，真不累。霍某没再说什么，空气凝固了。霍某躺着一动不动，只有呼呼的喘气声，白某站在一旁，也一动不动。

良久，霍某感觉到白某在他身旁躺了下来。

气氛紧张，让人窒息。

霍某舔了一下嘴唇，喃喃说道："你知道高中时候我最希望的事情是什么吗？"

白某那边发出声音："考上大学？"

"最希望的是老师调换座位，这样就有和你坐同桌的可能，然后就能装作不小心碰到你的手了。"床那边传来霍某的话。

说完，又沉默了。

霍某眼睛盯着天花板，浑身紧绷，但很享受，这种紧张时刻，反而比那些能被他掌握的时刻美妙。刚刚，他把高中时代想说的话说了，觉得自己这才正式毕业，可以走了。

正打算起身，手里突然多了样儿东西，温软细嫩，灵光四射，是白某的手。盖住他的拇指，手指钻到他的掌心下。霍某握住了这只上帝之手。

两个人用手对着话，变换位置，你来我往。白某觉得到此，人情和同学情，都清了，却不想引爆了霍某。霍某突然翻过身，把白某压在身下，嘴唇朝着白某的脖子贴了上去。白某推开霍某，说别这样，你成家了。霍某说，我不管了！然后，现出可怕的形象，扒去白某的衣服，不可阻挡地用自己把她淹没。

霍某前后的表现，都像一个莽撞的高中男生。风暴平息，两人凌乱地躺在床上，席梦思床垫依旧平坦。白某扣好衣裳，提醒霍某，他该回家了。霍某终于不留遗憾地结束了高中时代，坐起身，把衣裤整理好，认真地对白某说，对不起。白某说我就不送你出去了，让人看见不好。

刚才那一刻，霍某确实什么都不管了，店门还没有关上，想逛店的人随时可以推门进来。霍某走出门时，才意识到这一点。

6

此后，两人很长一段时间没再联系。半年后，县教委的四座楼房竣工，各校老师改善住房，搬进新楼，白某店里的家具热销。几个小流氓眼红，来店捣乱，让白某上点儿"地盘税"。白某没给，他们就聚在门口，光着膀子喝啤酒，想买家具的不敢进来，白某做不成生意。无奈之下，白某给霍某打了电话，霍某说他让派出所的朋友去看看。

两个小时后，来了俩警察，小流氓们愉快地和警察打招呼。警察笑嘻嘻地跟他们聊了会儿天便撤了，随后，小流氓们也进店跟白某打招呼，说，"姐，不好意思，我们走了。"然后真走了，也真的没再来。白某又给霍某打了电话，感谢帮助，霍某说下回有事儿尽管说。白某挂电话前也说了一句，想来你就过来。

一个周日的黄昏，霍某出现在白某的店里。当时白某正准备关门下班，见霍某来了，她没有在外面，而是在里面，锁上了店门。余下的岁月里，两人建立了一种默契，这种默契中，既有一种互助，也有一种井水不犯河水的承诺。

家具店在街面上，老去不方便，霍某就去白某租的房子。是套两居室，一间她住，一间她弟弟住。弟弟复读的第一年，依然没有考上大学。父母不知道怎么办，白某说弟弟是男孩，不行就再复读一年，她供，她人也在县城，经济和精神上都能帮到弟弟。弟弟便又复读了一年，还是没考上。这回他说什么也不复读了，同班落榜的复读生里，有做生意的，弟弟就跟着他们干，更多是瞎闹，留在了县城。做的是卖酒的生意，没有实体店，酒就放在主事儿人的家里，靠所谓的关系，谁要酒就给谁送去。也收酒，谁不想干了，甩货，他们得到信儿，就去那儿收。规模越小越不好干，甩货的多是村级别的代理商，弟弟就跟他们下村，一走就是两三天，有时候还去省外收。白某会在弟弟不在的时候，叫霍某来。

一次霍某正好赶上白某家暖气管裂了，水肆意往外滋，霍某帮着封堵，缠纱布，淘水。都干完，衣鞋湿透，白某就给霍某找了一身她弟弟的衣服，两人身高相仿，鞋号也一样，霍某穿着走了。后来霍某去省会出差，给白某弟弟买了一双耐克最新款乔丹11代篮球鞋，交给白某，他知道该买多大号的。白某对霍某能想着她弟弟深感欣慰，虽然二人未曾谋面。

白某的弟弟在外面"忙"的时候，沾染了恶习，钱不够了，就管白某要。白某不纵容弟弟，并不是每次都给，弟弟就会暗地里翻姐姐东西，说不定就能从什么地方翻出点儿现金，他翻到过。

渐渐地，弟弟察觉到白某生活里有个男人。小舅子管姐夫借点儿钱花，天经地义，弟弟就暗地调查这男人是谁，霍某就这样出现在弟弟的视野中。

一次弟弟故意制造不在家的机会，其实躲在楼下，看到霍某又上楼去找白某。当晚，霍某从楼里出来的时候，白某弟弟迎上去打招呼，做完自我介绍后说最近手头紧，问霍某方不方便支应点儿。因为是在白某楼下，不宜久留，霍某就掏出兜里有的钱，给了白某弟弟。后者拿到钱，并没有上楼回家，而是走进夜色。

白某在阳台摘衣服，正好目睹这一幕。

日后，霍某并没有跟白某说她弟弟找过他的事儿，白某也没问，不好意思开口。白某弟弟也未跟白某提及此事，这时候他已有了毒瘾，姐姐是他最重要的亲人，他不能让亲人伤心。缺钱了，他会想办法找到霍某，像蜜蜂永远知道花朵在哪里开放。

有一次，白某弟弟刚从霍某那得了点儿钱，想在朋友中间挣些面子，便开房叫人来"飞"，就在他后来坠楼的那家酒店。朋友们知道他的经济状况，在星级酒店开房，不像他的能力所办出来的事儿，想必会有别的事情，比如借钱，或配合警察设了局，所以没有一个人来。白某弟弟一生气，开了酒店的酒水，不管不顾，边"飞"边喝，独自痛饮。第二天中午退房结账，钱不够，就给霍某打电话，让他来结。霍某不愿意但还是去了，怕白某弟弟把事儿闹大，暴露和他姐的关系。

霍某没有从正门进入，他有酒店后门的钥匙。酒店建成后，老板给县委留了一间套房，供县委长期用，方便接待特殊客人，以及县委班子娱乐休闲。房间里配了麻将桌，有成套的家具和大床。当特殊客人不方便走前门的时候，可以从后门进入。霍某是办公室主任，钥匙就在他手里。这是只有县委和酒店老板知道的事情。白某弟弟的房间在十二层，霍某在没人注意时，从一层的后门进入，爬了十二层，确认没人看见后，拧开防火门，进入楼道，来到白某弟弟的房间。

房间里只有白某弟弟一个人，水杯、烟头、洋酒瓶散乱于各处，穿着霍某给他买的那双乔丹鞋——姐姐已经把鞋交到他手上，没有提及霍某，他也天然认为就是姐姐买的。白某弟弟开门见山，说他算过了，消费了一千多。霍某扫视着屋内的一片狼藉，说你这样对得起你姐吗。白某弟弟说，少说我，你都有媳妇了，还找我姐，你对得起谁呀！霍某说，我得跟你姐说道说道这事儿，送你去戒毒。白某弟弟说，你要敢告诉我姐，我就让全县的人知道你搞婚外恋。

霍某顿了顿，走到沙发前坐下。看到茶几上有剥开没吃的薄荷味儿口香糖，他拿起一片放进嘴里。一旁丢着包口香糖的锡纸，被火烤过，不远处扔着纸筒儿卷成的吸管。

薄荷味儿窜出鼻子。霍某嚼着口香糖对白某弟弟说，你不能一直这样下去，得想想自己的出路。白某弟弟说，我们这种人，哪儿有什么出路。霍某说，人不能轻贱了自己。白某弟弟说，说得容易，要不你给我弄进县委，我也抱个铁饭碗。霍某笑了一声说，给你弄个县长当，你会吗？白某弟弟顿时涨红脸，一转身，跑到窗口，冲外面高喊：大家都听着，县委的霍……

后面的话没喊出来，霍某蹿到他身前，捂住了他的嘴。白某弟弟就用牙咬住霍某的手指。十指连心，霍某疼得龇牙咧嘴，像抓了个烧红的煤球，想摆脱白某弟弟，就把他往外推。窗户开着，霍某也没想到，那么一推，就把白某弟弟拥了出去。

白某弟弟从窗口跌落的一瞬间，霍某第一时间想的不是他会摔死，而是终于摆脱了他，继而盼着他最好能摔死，这样就不会在自己的生活里出现了。随后才意识到，白某弟弟真摔死的话，对自己意味着什么。

霍某扒到窗外，往楼下看，正好目睹白某弟弟落地的一瞬间。噗叽一声，白弟便趴在地上一动不动，从楼上看，像一只少了尾巴的壁虎。

霍某傻了。第一时间按原路退出，离开酒店。先是从十二层的消防门进入楼梯间，消防门的锁在里面能锁上，霍某没忘把锁拧上，这样就不会在楼梯通道留下线索。下楼的时候，霍某觉得嚼着口香糖影响呼吸，从嘴里捏出口香糖，随手粘到楼梯扶手的下沿。自认为天衣无缝，没人知道他来过这里，但还是被人看到了。

　　酒店的公关经理那时候正在和客房部领班谈恋爱，两人没事儿就往一块凑，不能在大家眼皮底下腻咕，公关经理就利用职务之便，打开楼梯间的门，和女领班去那约会。到了这，女领班往墙上一靠，公关经理的嘴就贴上来，两人的关系在此迅速发展。那天公关经理的手刚伸进女领班的领口，就听头顶的楼梯上有脚步声。公关经理抬头一看，看到一双脚正用比正常速度快的步伐下楼。他还看见走下的人，把嘴里的口香糖贴在楼梯扶手上，可惜只看到了嘴，没看见这人到底长什么样。公关经理和女领班正在做的事情，也有点儿见不得人，他就和女领班悄悄退出楼梯间。回到酒店楼道，女领班迅速离开，他则守在楼梯间门口，想看看那人是谁，为什么有电梯不坐，会出现在这里。公关经理所在的楼层是三楼，他听楼梯间的脚步渐渐远了，轻轻拉开楼梯间的门，看到了霍主任下到一楼，从后门离开了酒店。随后，公关经理就听到外面的嘈杂声，他锁好三层楼梯间的门，到酒店门口一看，血泊中，趴着个人。

　　这一经过，在他二十年后于海南被抓时，为减刑而供认出来。他是十八年前离开县城的，目的有二，一是为了逃婚，女领班被他追到手后，非要和他结婚，他不想这么早就被拴住，说自己要去南方看看。其二，坠楼案已断定为死者吸毒致幻自己所为，事实并非如此，纸包火早晚得烧起来，他寝食难安，离开此地是让自己平静下来的最好办法。

霍某顺利离开了现场，第二天照常生活，像什么都没发生一样。也在心里反复告诉自己：就是什么都没发生过。

两天后的晚上，白某被梦吓醒。梦里，弟弟满脸血出现在她面前，哭着跟她说，姐，我是被人推下去的。听完，白某一个激灵睁开眼，瞬间全身被汗湿透，像为了躲避天敌跑猛了的羚羊一样急促地喘着粗气，心脏在黑夜中疯乱狂跳，随时要炸裂。

接下来的一天，白某什么都没干，魂不守舍，心脏仍停留在高频的跳动上。次日，心脏在前面跳动着，牵引着她去了刑警队。面对接待的警员，她说出梦见了弟弟以及弟弟跟自己说的话。值班警员刚挂掉一个抢劫案的报警电话，不耐烦地说，我们用证据讲话，你要是梦见你弟没死，是不是我们还得赔你一个弟弟？

白某去找霍某，讲明此事，想托霍某跟刑警队说说，再查查他弟弟到底什么原因坠楼。霍某安慰白某，说她心里压力大，才会做这样的梦，如果老想着这事儿不放，以后还会做更离奇的梦，"梦就是梦，梦里你从悬崖上掉下去过吧，醒了以后，是不是还好好的？"白某说，我也觉得梦靠不住，但既然梦到了，还是想查查。霍某说，过段时间吧，你刚去过刑警队，现在我立即请刑警队帮你查的话，大家都明白怎么回事儿了，再查一遍是大工程，我也得找准时机提。白某觉得霍某说得有道理，甚至在马冬又去找她了解弟弟曾接触的朋友和所做的事情时，也没有告知这个梦，毕竟她说出的，没有霍某的话力度大。她等待着霍某出面。

后来，父母退了休，白某辞去家具店的工作，搬回市里，在家陪伴整日无所事事的老两口，免得他俩又往死胡同里想。弟弟坠楼，对这个家庭打击不小，父母每日恍惚而哀伤。

霍某给了白某一笔钱，说也帮不到什么，让她把家人照顾得好一点。白某不要，霍某说我已把你当半个亲人，白某只好留下。

离得远了，白某和霍某的联系就淡了。先是偶尔打个电话，没再见面，后来霍某忙起来，老婆病症加重，成天往医院跑，也不给白某打电话了，好像对方不存在了。白某通达世故，成年人都好聚好散。那个梦给心脏带来的悸动，也逐渐缓和下来，渐渐真的成了一场梦。

7

一年后，白某在市区开了家鞋店，不光零售，也做批发，把这个品牌的鞋发往远郊区县，相当于该品牌在这个地区的代理。她有以前卖家具的经验，懂花钱人的心理，知道进什么样的鞋走货快，生意不错，每天一睁眼就开始忙，伤心的事儿一点点被挤出生活。

这一年，霍某身上发生了两件事：一个是有疾多年的妻子病逝，再一个是他进入县常委班子，当选了副县长。副县长会务多，一日霍某到市里开会，晚上下楼散步，在市委招待所院门口遇见白某。

白某正好来这给她所经营品牌鞋子的发货商订房，发货商明天来考察白某这个市的情况，包括店内陈设和市民消费能力，好给白某定指标，每年必须拿几百万的货，这是公司的要求。市委招待所的条件不是最好的，但有排场，显得重视对方。这里有空闲客房的时候，也会对外营业，白某是来交订金的，没想到遇见了霍某。霍某也没想到。不联系归不联系，遇见了，两人都挺高兴，也因为近况都不错。霍某提议，找个能坐的地方待会儿吧，白某带霍某去了一家茶楼。

那时候在南方已经遍地开花的茶楼，在这座城市刚刚出现，霍某所住的县城则闻所未闻。一进门，焚香气息扑鼻，神清气爽。往里走，环境整洁，陈设讲究，古香古色的明式线条小桌上摆放着古琴，任何一个局部看上去都像一幅画，乱成什么样儿的心走进来，都能消停了。比起外面，这里完全是另一个世界。

霍某觉得此处的气氛很贴合现阶段个人心境——和他没有感情的老婆去世了（更多是他对老婆没感情）——人生瞬间简洁整齐了。霍某感受到重生的力量。

白某点了一壶普洱，说南方流行喝这个，刮油。霍某只接触过花茶和绿茶，一喝，果然不同。味觉的拓展让世界也因此而宽广，他觉得自己像辆车被重新灌满油，具备去往任何地方的可能性了。并不十分明亮的暖色灯光下，白某的肌肤看上去像二十岁一样富有弹性和油脂感。此情此景，仿佛回到了高中时代，只是此时的霍某，不是曾经那个因自卑而羞于表达的男生了。

茶也醉人。霍某问白某，去她那方便不。白某刚在市里买了房，自己住。分别近一年后，白某和霍某又恢复了之前的默契。霍某丧妻白某丧弟，对他俩来说，人已中年，还活着是件不容易的事儿，也是一种小概率事件，为什么不高兴地活呢？

两人都拿出该好好拥抱生活的激情，关系也于此热情基础上得以重建。

没过多久，霍某递交了一份出国请求，想去美国转转，四十岁了，还没出过国。公务人员出国必须向上级申报，县委觉得霍某丧妻不久，需要散散心，批了。同行的还有白某，两人像地下工作者一样，出发时各走各的，在省会机场汇合，同一航班飞赴纽约。

接机的是霍某的两位朋友，谭老板和陈老板，他们特有的乡音一开口就让白某知道了他们是来自哪里的朋友。他俩是前一天到的这里，提前为白某和霍某安排好酒店。白某知道会有人接机，直到飞机开始降落，才不得不问霍某，该怎么向外人介绍他俩的关系。霍某说，就说是男女朋友。白某说合适吗，你有公职。霍某说没什么不合适，我已经丧偶，找女朋友不犯法。

入住登记的时候，白某假装要单独开一间，毕竟没和霍某结婚。霍某说谭陈都是亲密朋友，没必要演戏。谭陈也说，这是美国，不是咱们县城，男女朋友睡一屋合法。进了房间，白某问霍某，谭陈靠得住吗，不会把他俩的事儿拿到县里说吧？霍某说我们是朋友，有些事情可以让朋友知道，是朋友就不会乱讲的。白某说万一他们喝多了，图嘴上痛快呢？霍某说那也不会的，说了对他俩没有好处，只有坏处，他们是商人，比常人更懂分寸。

接下来几天，谭陈租了辆丰田"子弹头"商务车，司机拉着他们四个人一路游玩。途经银行，谭陈带着霍某开了个账户，霍某让白某也开一个，白某说我不在这上班，没人给我发工资，开了没用。霍某说，那也开一个，方便。方便是什么意思，白某并不知道，有谭陈在，她也没深究，便开了。她多少能理解霍某为什么要在美国开户，也能看出来，跑前跑后的谭陈二总，是能帮霍某存私房钱的朋友。

除了参观景点，也去了购物的地方。白某关心鞋，特意到商店看鞋。看见一双复古的乔丹11代篮球鞋，看着看着，哭了。霍某看到，走至身旁，握住白某的手。

当初他给白某弟弟买这双鞋的时候，白某问多少钱，他
没说。现在白某看到价格，将近两百美元，折合人民币
一千多，相当于当时县城一名正式工一个月的工资。霍
某能送弟弟这么贵的鞋，让白某在此刻握紧了霍某的
手。霍某拉着她离开了这双鞋。

办理美国银行卡需要五个工作日，一周后，银行通
知来取卡，霍某也在这时候订了回程机票。在游历美国
的那些天里，霍某拿到银行卡后的笑容是最灿烂的，人
变得轻盈起来，往日暗沉的脸色也瞬间有了光泽。

回国后，霍某和白某的关系不能像在美国那般高
调，恢复地下状态。周末的时候，霍某会自己开车去市
里找白某，有时候在那过夜，白某给他做饭，两人会坐
在沙发上看电视，像夫妻一样。看着看着，霍某就睡着
了，白某知道他太累了，也不叫醒他，关上电视，盖上
毛毯，让他一直睡下去。

有一天，也是在沙发上，霍某睡着了。白某自己
进了卧室，她会开着门睡，方便霍某半夜醒了随时进
来——也代表一种亲近，哪怕霍某在沙发上睡到天亮，
两人也没有被门隔开，还算睡在一起。凌晨的时候，霍
某的手机响了，白某也被吵醒，听到霍某在外面接电

话。说了一会儿后，霍某带上了白某房间的门。

白某已彻底清醒，大概能听明白，也能听清霍某在客厅说的话，县政府要修的路段上有座桥，怎么也接不上，需要使用点儿封建迷信的方法，对方在询问霍某的态度。霍某说用什么办法他不管，他只要求按时竣工。对方说该想的辙都想了，只能用风水先生说的这招，会很冒险，不能瞒着霍某。

一来二去，白某弄清楚了，霍某身为县政府的一员，是该项目的甲方，同时作为承包公司的一位隐形股东，也是乙方。白某还从霍某嘴里听到一个词，打生桩。霍某说，这事儿安排马冬办，没有只拿钱不干活的。马冬这个名字从霍某嘴里说出的时候，白某立即想到负责弟弟坠楼案的那名刑警，她不知道这个人为什么会出现在霍某的谈话中。强大的好奇心，让白某开始留意以前未对霍某投去关注的那部分生活。

半个月后，白某听到霍某在电话里约饭局的时间，桥建好了。白某跟踪霍某，到了他们吃饭的地方，守候了三个小时，看到霍某和谭陈二位老板，以及一位身材健硕、比他们仨年轻的男人，一同走出酒楼。此人就是六年前去家具店为坠楼案调查她的那个马冬。白某通过朋友和同学打听到，当年的刑警马冬已经辞职。她也问了一些搞建筑的朋友什么叫打生桩，答案让她不寒而栗。

这时候，霍某问起白某那张美国银行卡的卡号，他跟朋友做着生意，有点儿钱想先转到她的账户。白某知道这些钱不方便入到霍某国内的卡上，说转他自己的美国卡上不行吗，霍某说钱有点儿多，两个账户方便操作。白某不想掺和他的这种事儿，就说卡找不到了，回国后觉得不会用到，放哪儿了也没过脑子。霍某让白某好好找找，以后可能也得用到。

这事儿就这么过去了。一年后，霍某搬新家，县委家属楼竣工，他分了三居室，腾出原来的旧楼给别的职工住。霍某家里就他一个人，收拾起来繁琐，他还经常被临时叫走开会，单位就派了几个人帮他收拾。霍某说除了家具，小件的东西全部装箱，搬到新家再一点点拾掇。新家宽敞气派，陈老板送来全套家电，谭老板赠送了低奢的装修，客厅是名牌大理石地砖和水晶灯，卧室铺了实木地板，卫生间装了能听收音机的淋浴间。可惜霍某太忙，搬家的箱子堆了一地，下不去脚，看不出房子的好。白某说白天楼里人少的时候，我帮你归置归置吧。霍某也确实需要个人帮忙收拾，就答应了。

白某拆开地上的一个箱箱，把里面的小件分门别类，放到它们应该出现的位置。拆装鞋的箱子时，白某在一只鞋盒里看到一摞发票，都是霍某这十几年买鞋后留下的。白某卖鞋，凡是鞋的事儿都关心，翻看那些发票，却没有看到那双乔丹款耐克鞋的。霍某下班回来后，白某问及此事，霍某说那时候当然不能留发票，免得被他老婆看到。霍某的煞费苦心令白某感动，几天工夫，便将霍某的新房收拾出来，窗明几净，看着就让人欢喜。

8

新家有模有样了，全是白某的功劳，霍某也得表示表示，周末要带白某去郊区爬山，吃农家饭住主题酒店。霍某开车去接白某，进门的时候，白某正给弟弟的遗像上香，今天是弟弟离世十周年忌日，照片被她找出来摆在桌上，前面放了四个苹果，希望弟弟在另一个维度里四季平安。霍某也点上一根香，拜了三拜，将香一根一根，稳稳插进香炉。两人撞上门下楼。

那时候市里特流行泡温泉，郊区开了大大小小的温泉馆。霍某带白某来的这家，是最大的，也是最贵的，温泉直接入户，每个房间的院子里都有一个池子，可以全裸在院子里泡。白某和霍某白天先爬了山，晚上两人学电影里的样子，弄个托盘，摆上小菜和酒，漂在水面上，边喝边泡。霍某头往池子边一仰，全身一瘫，美美说道："解乏！"

有人说这里的温泉水是从地下十米抽上来的，也有人说是锅炉里烧出来的。在霍某看来，真实出处并不重要，重要的是能让人舒服。好久没这么舒服了，近些年从未有过的放松：不用开会，没有上下级关系，不用考虑任何事情，甚至可以不穿衣服。他放松得有些忘乎所以，已不介意自己还是个副县长，喝光壶里的酒后，坐在温泉池的台子上冲着旁边的草地撒了泡尿，然后全裸着从池子里站起来，滴着水，冒着热气，湿漉漉地走回房间。全身松软，从头到脚趾都像要化了一样，往床上一倒，就睡着了。头和身子，因酒的熏染和温泉浸泡变得赤红，像只剥了皮的兔子。

床很宽，哪怕霍某是斜着躺下去的，床上依然有可供白某躺的地方。

白某没有扰到他，知道他难得这么放松，把被子从床脚拉上来，盖住占了整张床对角线的霍某，又掀开床头部分的被子盖住自己，在一旁躺下。

白某关了灯，没有马上睡着，泡完温泉，身体有些兴奋。在黑暗中躺着躺着，听到霍某说话了。

是梦话，他有点儿委屈，带着哭腔说："我也没办法，只能推一把。"

白某不知道霍某在说梦话，睁开眼问道："怎么了？"

霍某把刚刚的话重复了一遍，这次显得理直气壮了："他先威胁我的，我才推他。"

"推谁？"白某坐起来，轻声问道。

这次霍某没有接话。白某没再追问，让霍某继续睡下去，她的胸口因心跳瞬间加速而剧烈起伏。光脚走出房间，待下去她会爆炸的。

在活过的这四十多年中，一个场景反复出现在白某的梦中，就是在高考考场上做数学题，每两三年都会做一回这个梦，最终的结果都是因为题目不会做，或铃声响起要交卷了而急醒。至今，这个梦出现了不下十次，白某知道，未来这个梦还会出现的。数学在她的生命里，成了一道未能逾越的关卡，现实生活中，她也是因为数学没考好，失去上大学的机会。今天是弟弟的忌日，霍某是知道的，还小心翼翼地给弟弟上了香——她特意选择霍某接她的时候祭拜弟弟，想看看霍某的反应，毕竟弟弟和他背着她这个姐姐有来往——那么，会不会在霍某的生命中，弟弟就是难住他的那道"数学题"？

这晚，很多事情被白某拼接到一起。阳台上目睹过弟弟和霍某的见面、弟弟曾经出现在梦中对她说的话、霍某刚刚的梦话……白某不敢再想下去。

这么多年，对于给过白某弟弟钱的事儿，霍某只字不提。白某当作没见过他和弟弟在楼下"密谈"过，她知道弟弟要了钱去干什么，不想主动暴露家丑，不愿让霍某认为弟弟要钱是她指使的，只能装不知道他俩有过接触。而霍某也不谈及此事，白某认为是霍某不想雪上加霜，弟弟已经没了，他没必要再说出弟弟管他要过钱那种让她作为亲姐姐无地自容的事儿。这只是白某的猜想，霍某不说的真正原因是什么呢，白某一直想问。

此刻，她也清楚地意识到自己的处境，如果对弟弟离世的猜想和打生桩这些事情都是真的，再想想曾接触过的霍某身边的那些人，白某突然觉得自己很像把头伸到了狮子的嘴里，却并非驯兽师，只是无知之举。她想对着夜空大声呐喊，最终还是憋住了，换成眼泪滚落下来，流到嘴边，咽进肚子，咸涩深入肺腑。

一些想法一旦出现，就像房子里有了第一只蟑螂，接下来的情况就很难回到从前。

第二天早上，霍某睁眼醒来，看到餐桌上摆着早餐，一夜没合眼的白某夸张地把酒店的自助早餐搬到房间。她给霍某端来热牛奶，坐在他面前，看着他吃。

霍某不安起来，问，怎么了？白某说，现在家也搬完了，咱俩的事儿，你怎么考虑的？霍某说你怎么还会问这种问题，我以为你心里有数呢！白某说我想听你的准话儿。霍某说，现在这样，不好吗？白某说，怎么都好，我就想确认一下。然后看着桌上的食物问霍某，好吃吗？

霍某说，如果吃完没有需要处理的事情，就会感觉很好吃，但太多事儿等着他吃完去办，一会儿吃完就要退房返城了，吃饭反而成了压力。这话在白某听来，可以有多重理解，也许是霍某真的为事务所累，还有可能是他心里装着不敢面对她的东西。

白某开始在网上查"托梦"是怎么回事儿，究竟是封建迷信，还是有理可循。看到一则和发生在自己身上极其相似的新闻，是儿子遇害托梦给妈妈，妈妈跨省报案，协助警方找到尸体并抓获凶手，好几家电视台为此都制作了节目。白某浏览了门户网站上转播的中央台制作的栏目，知名主持人在节目一开始，抛出疑问：梦真的能作为破案线索吗？随后节目进入正题，当做了梦的母亲第二天跨省来到儿子所在市报警的时候，受害人已经失踪多日，公安人员首先将母亲锁定为嫌疑人，母亲说多日未和儿子联络，做完梦后打儿子手机也无法接通，她不得不来这里报案，因为儿子在梦里告诉她，他被埋在了这座城市的哪个地方。公安人员赶紧拉着母亲去指认那个地方，母亲此前没来过这座城市，却说出穿城铁路向东沿线上有一片树林，那片树林正对着南面工地的位置有一块沙土，儿子就埋在下面。办案人员沿着铁路向东走，果然看到了树林，继续向东，往右手看，真的有一处烂尾楼。在铁路和烂尾楼中间，大家看了一片颜色略深的土地，显得比周围的土地潮。警员们找来工具开挖，第一铲子下去，就觉得下面一定有问题，土质太松了。挖到两米深的时候，妈妈瞬间暴雨般恸哭，她看到了儿子。随着更多线索和人物关系的出现，最终真相查明，凶手落网，是一个四角恋导致悲剧的故事，妈妈的梦对本案破获起到至关重要的作用。央视为这期节目起的标题是：神秘第六感。当然，节目的最后，主持人没有再强调第六感的神奇，只把它归结为母子情深，结束语落在告诫人们要树立正确的恋爱观上，警钟长鸣。网页评论区有人留言：几年前，梦见哥哥在黑暗中躺着，结果半夜接到电话，哥哥出车祸了。

　　显然，"托梦"不仅仅是巧合，白某相信，是一种神秘力量的启发，如何解释，她不知道，但这些还不足以让她对弟弟到底怎么死的下定论。接下来需要做的是发现更多线索，而不是凭空猜疑。如果弟弟真是被霍某推下去的，她随时可以给弟弟报仇。家中厨房里有刀，切菜的，剁肉的，剔骨的，切水果，各类刀具就插在刀架里。她可以拿出一把剁肉的，照着霍某的脖子砍下去，也可以抽出那把切水果的尖刀，在霍某睡着的时候，竖直地冲着他的心脏扎下去，扎到头儿，然后再转几下。但是，做出这些动作，需要力量，替弟弟报仇和因自己被骗而生的愤怒与仇恨尚不足以让她拥有这种力量，更需要的是理由，也就是证据。一旦证据确凿，她不知道自己会做出什么样的事情。

事情过去这么久，物证很难找到了，但还有人证。什么人会是此事的见证者，已无从查考，负责这案子的刑警马冬或许掌握着真相，白某知道马冬后来也和霍某一起做事，当初他以"吸毒致幻坠楼"结了案，自然不是白某要找的人。

白某开始有意深度参与霍某的生活，接触他身边的人，寻找突破口。她告诉他，美国的账号找到了，如果需要，可以帮他转账。

霍某不让她白转，让她说个数，每笔给她多少个点。这更让白某寒心，表明了霍某心里把白某当成了什么人——不过是和他保持着一种特殊关系的外人。白某说她不留，霍某说你应该为自己多想想，将来退休后能轻松些。白某说不用，父母有退休工资，鞋店的收入也不错，又没有孩子，钱够花。霍某说，不用跟钱过不去，给你的你就留下。白某问霍某，咱俩这样，算什么关系？霍某说，"朋友。"

"朋友。"白某重复一遍，然后笑了。

霍某说你笑什么，白某说看来那段子是有生活基础的，"朋友必须同过窗，上过床，分过脏。"霍某说这是编给中学生听的，成年人笑笑就得了。

霍某如此态度，让白某感觉像突然从高空坠落，本来飞机上坐得好好的，身下机舱突然开裂，她漏了下去；同时又心头一松。

晚上睡觉的时候，白某开始以岁数大了怕凉为由，关上卧室的门，将自己与客厅沙发上睡着的霍某隔开。

9

白某一直想要个孩子，这时候她已经四十五岁，再不生就没机会了。想找个年龄相近也想要个孩子的男人结婚，找了一年，未果，发现自己已被时间重重闷了一拳。这个年龄的男人，事业有成的，成天被年轻女孩围着，他们也愿意找年龄小的，弥补当年为事业奋斗而损失的青春。白某这岁数的女人，在他们那可能已不能称之为女性了。而同年龄段事业未必有多大起色的平凡单身男性，大多是离异，有这样或那样的问题，否则也不会离婚，白某又无法接受平庸的男人。从卖家具到开鞋店，她一直独挑大梁，太普通的男人，她不光看不上，甚至嫌弃。因此，在进入婚姻的道路上，白某困难重重。这二十年里，时间让她下不来也上不去，尴尬地卡在中间。每当深秋的夜晚，看着万家灯火，她就质疑自己的现状，做的这一切，究竟意义何在——关键是，怎么神不知鬼不觉地就走到了这步？

白某的妈妈在这时候病了，肝癌。白某带着她四处寻医，虽每日辛劳，却从中找到了生活的意义。各种治疗手段都用了，病情未见好转，妈妈开始烧香拜佛，每天去乡下的庙里，帮着做义工，洗菜刷碗，经常带些小册子回家，嘴里也开始念叨：人活着要多做善事，下辈子才有可能继续做人，不至转生牲畜和恶鬼。

最终妈妈还是走了，去了哪里，白某并不知道，如果真有转世，她希望妈妈临终做的那些善事，能帮妈妈继续投生人世。

妈妈离世后，白某整理遗物时，看到一些妈妈在寺庙结缘的佛教书籍，随手一翻，看到一个令她感兴趣的章节：灵魂与神识。内容以一问一答的形式呈现，第一个问题是人死了为什么要找僧人来家念经，古往今来，特别是在乡村，已成为传统。回答说，人是由肉身和神识构成的，神识就是老百姓口中的魂儿，平时我们觉得自己在活着，能跑能跳会唱会哭，是神识和肉身共同协作的结果。人死了以后，肉身失去功能，神识离开肉身，跑跳等功能丧失，但意识还有。这时候的意识，因为不受肉身的制约，能穿越空间，会瞬间跑到大洋彼岸，只要它想。看到这里，白某想到了那个案例中的受害儿子为什么会跨省出现在妈妈的梦里。书中还举例，说神识和肉身的关系，就像寄居蟹和螺壳——人活着的时候，相当于寄居蟹拖着沉重的壳，受壳所限，行动缓慢，如果钻出那个壳，寄居蟹爬行速度是非常快的，能不受时空限制的神识就是放弃了壳的寄居蟹，恢复了本来的自由。人刚刚死后，神识是清晰的，但因为没有壳的保护，也是脆弱的，对无限自由了的世界持有恐惧，迫不及待想再找一个壳，也就是投胎，投胎成功则再度进入了轮回。如果这时候有僧人为其念诵，可消除恐惧，不去找壳，也就是没有投胎进入轮回，从而获得解脱，或减少恐惧，借助善缘，投生善道。后半段白某看得似懂非懂，但是懂的部分，足以让她相信那晚弟弟在梦里跟她说过的话是真的。同时，她也找来这本书上提及的有声经文，放在妈妈遗像前播诵，二十四小时循环。

　　霍某的进账能力出乎白某的预料。之后的两年，她海外的银行卡上多次出现七位数的进账，她一分不少，全部转给霍某。与此同时，在霍某身上发现了不止一种颜色的长头发，她知道，霍某还有别的情人。或许在霍某眼中，她和那些女人没什么区别，甚至不如那些女人，毕竟自己已经快五十岁了。如果妈妈念叨的那些善恶逻辑成立，那么霍某的下一世会转投到哪里？

　　这样的日子持续了若干年。有一天白某问霍某，他没有孩子，年近半百，钱已足够用，每年仍有那么多进账，死后钱怎么办？霍某说他没想过这个问题，只是觉得眼前能挣的钱，不挣亏得慌。白某问他想过退休后的生活吗，霍某说当然，到时候就往国外一待，不回来了。白某问那每天具体干点儿什么呢，总不能成天傻坐着吧？霍某说干什么到时候再说，现在他要做的是让自己顺利实现这件事情。

　　十岁的时候，爸爸妈妈在弟弟出生前告诉过白某：将来我们没了，弟弟陪着你，你陪着弟弟，你俩都不会孤独。这句话，白某记了一辈子。现在，她觉得自己成了世界上最孤独的人。父母相继过世，母亲在去世前还叮嘱她，找个老公，生不了孩子也领养一个，将来老了有伴儿。比起那些还在温饱线上挣扎的人，白某的生活让人羡慕，有车有房，鞋的生意为她挣了不少钱，可内心一片荒芜。一连串的意外，让她走到今天，世上没有一个亲人了。她曾把霍某当过亲人，而今天，霍某却没有把她放在日后计划内，这让白某异常失望。她甚至在内心原谅过霍某，毕竟弟弟是个瘾君子，她自己也快被弟弟逼疯过，也闪现过要是没有这个弟弟该多好的念头。可弟弟真没了，家庭的欢乐也随之而去，唯剩烦苦，造成现状的霍某对这个家庭毫无情感上的补偿，这是白某不能接受的。

她困在原地，无路可走，又无路可退。

开始失眠。开出的安定，最开始吃一片就管用，后来吃两片也能凑合睡着，当吃三片也不管用的时候，又不敢吃四片，怕醒不过来，还有很多事情等着她去做。

白某去看了心理医生，挂了最贵的号。医生给她脑袋、胸口、手指都贴上了电极片，然后连接的那台机器开始工作，十分钟后一张印有各类曲线和数值的报告单从机器里吐出来。医生看着上面那些英文、阿拉伯数字以及曲线，告诉白某，她的神经系统和内分泌系统都出了些问题，这俩系统是心理的生理基础，说得直白点儿就是白某已患有中度抑郁症。

白某知道自己一定有问题，但没想到是这种问题。医生开了些药，让她多吃海带等含钾的食物，手头的工作能放就放一放，出去玩玩，晒晒太阳，看看大海，爬爬山，哪怕是多跟朋友聚聚餐扯扯淡。

白某跟随一个无购物的旅游团去了欧洲，自北向南而行。从法国进入西班牙后，第一站是圣塞巴斯蒂安，一座美食丰富的海滨城市。游览完贝壳海滩，晚餐尚早，带队导游说如果不逛街购物的话，就带大家换个角度看看大海。结果一行人被导游带到一栋公寓楼，还进了房间，站在窗前看了会儿大海。导游给大家介绍着西班牙人的起居习惯，说着说着，说到每套公寓的价格和面积，还说自己跟这里的销售经理很熟，可以打折。说完，导游没再继续房子的话题，带大家转了周边的环境，绿树庇荫，道路洁净，路人安静，机动车到了路口自觉礼让行人，医院、幼儿园、学校、餐厅，应有尽有。

当晚，白某敲开导游的门，详细询问了房子的事情。

10

白某在西班牙买了一套老房子，离海边不远，有漂亮的拱形屋顶，上面会落满鸽子，屋内带壁炉，前一任房主是位法国女艺术家，家具一件不带走，都是一点点淘来的老家具，餐桌、酒柜、书架每件都散发着悠远宁静的味道。房里还做了很多软装，温馨舒适，颇为用心，处处流露着对生活的热情，让人进来就不想走。白某改签了回程机票，在导游的引介下最终定下这套位于公寓顶层的复式房子。

主要是置身房中，望着窗外，白某能忘了在国内的暗淡生活，有了一种特想躺在那张四角是立柱的美式老木床上睡会儿觉的渴望。

白某收拾了一批东西，准备发物流到西班牙，布置她的房子。这批东西，包括一些老照片，她的，她和父母以及弟弟的。她想把这些照片装进相框，摆在西班牙房子的壁炉上。

打包那天，霍某也来了，看到一摞装了照片的相框叠放着，随手拿起看了一眼，马上又放下，好像抓到烫手的铁球。这被白某看在眼里。随后，她找了个机会，把一张特意准备的合影拿出来，让霍某过来看，问他能不能认出上面的人。照片上有四个人，一对年轻男女，一对中年男女。年轻女人就是白某，是她二十多岁时候，年轻、挺拔、新鲜，站在那里像水果一样。照片上的中年男女也被霍某辨认出来，那是白某的父母，白某长得像父亲，因此父母也好认。另一个男青年，霍某没有认出来。按正常逻辑，四个人的合影，认出三个，都是一家人，瞎猜的话，也能猜到第四个人就是白某的弟弟了，但是霍某并没有去猜。

那人确实不是白某的弟弟，而是她的前夫。白某这时说，你怎么没往我弟弟身上想，见过我弟弟吗？霍某说没见过，这人和你家人长得不像，肯定不是你弟弟。乍一听，没破绽，深究，霍某有问题。

霍某是见过白某弟弟的，他却说没见过，一定是在逃避什么。而且，白某前夫虽然和她家没有血缘关系，但是他比白某的弟弟还要像这家的孩子，这是当年很多人都承认的，白某自己看相片和照镜子时，也承认这一点。所以，霍某的说法——这人和你家人长得不像，肯定不是你弟弟——是先有结论，而后编出一个理由。由此，白某更加确信，弟弟的死必和霍某有瓜葛。

对于自己在西班牙安家，白某的说法是，"换个环境，别一个地方闷死，以后两头跑"。霍某说，"挺好"。

到了西班牙，白某每日坐在阁楼的窗前，大西洋的海水在不同光照下呈现出各种色彩，海鸥吱吱嘤嘤地叫着，潮起潮落，日落日出，她也迎来自己的更年期。白某清楚意识到，自己迈入人生的最后一个阶段了。比起小城市同龄的女人，她此前的生活也算沸腾过，现在是平息的时候了。

圣塞巴斯蒂安有很多教堂，白某没事儿就会进去坐坐。挑高的屋顶，让人一进去，心就被打开了。那些画满圣经故事的屋梁、装在半空中的五彩窗户、被擦得光可鉴人的椅面和无可名状的让人心甘情愿托付终身的氛围，令她着迷。

白某领了教会免费派发的《圣经》，很想认真看看，可惜是西班牙文和英文的，又特意找来中文版。渐渐地，白某再去教堂，不只是随便坐坐了，也会坐到告解室的忏悔椅上，在牧师面前说出自己做过的已经好意思承认的那部分错事。她用蹩脚的英语问，"My I speak in Chinese？"牧师说，上帝无处不在，只要发自内心，任何语言的忏悔都能得到上帝的宽恕，上帝爱每个人。

一次，白某参加当地华人朋友的一个派对，离开时光顾着和人告别，倒车没注意，把另一位华人朋友的狗轧着了。她的这辆二手塞纳没有倒车影像，只有一个探测雷达，当她跟人挥完手，踩下油门准备开走的时候，挡把儿还在倒车挡上——有倒车影像的车，显示屏上会出现车后的情况，余光瞟到后便能知道挡把儿的位置——车向后蹿了出去，一条狗躲避不急，腹部以下连同两条后腿被卷入轮胎下。

听到狗的惨叫和众人的惊呼，伴以车旁人往前摆手的动作，白某急忙踩住刹车，换挡，往前提了点儿，然后下车。走到车后一看，哀嚎中的那只狗挺立着只剩半截的狗身——另半截身子也在，只是被轧扁，像张皮一样贴着地面——用前腿艰难而缓慢地向前爬行，两只眼睛鼓胀得就要爆炸。

白某看傻了。又不敢上前。

一位头发花白的女士走到狗的身旁，蹲下，握着狗的前腿说，"别怕"。狗把头靠在她的小臂上，痛苦的哀叫中多了一种委屈。她是狗的主人。白某也缓过神儿，上前蹲在一旁，连称抱歉。这时有人从车里拿出木板，建议赶紧带狗去医院。众人协力，把狗平移到木板上，一位胆大的男士轻轻抬起狗的两条已经变成纸片儿的后腿。

白某已经吓得不适合开车，别人开着她的车，她坐在副驾，花白头发的妇人坐在后排，看护着木板上的半条狗，狗由之前的哀嚎渐成呜咽。白某称呼她大姐，一路上忐忑地回头对大姐说着道歉的话。大姐抬起胳膊，将手搭在白某的肩上，并轻捏她肩头的肌肉，"放轻松"。

还没到医院，大姐让车调头回去。狗已经咽气，闭上了眼睛。

车里一片安静。

白某陪着大姐给狗火化，然后骨灰下葬，埋在大姐家前门的小花坛。从始至终，大姐没一句抱怨的话。

白某要再送大姐一条狗。大姐不要，说到了需要的时候她会自己搞定。白某惶惑不安，希望大姐劈头盖脸给她来一顿数落。大姐说她不会的，而且还要为白某祈祷。白某如坠云雾。大姐说，神告诉我们，要为那些给我们制造麻烦，以及试验我们的人祈祷，包括仇人，让他们得以被守护。白某和大姐以前在教会的活动上也见过面。

"为什么呢？"白某才入会不久。

"如果我们不宽恕别人，有什么资格去告解室请求被宽恕？"大姐和颜悦色。

"为仇人祈祷，真能做到这样吗？"

"也许不能一下子做到，至少某些时候可以做到。"大姐安宁地说，"如果能理解这些，就开始走上正确的道路。"

"祈祷什么呢？"白某问，她想一定不会是吃喝富足这类庸俗的事情。

"祈愿他们能行进在神的旨意当中。"

"神？真的有吗？"

"你觉得什么才算神？"

"没想过。"

"能战胜魔鬼的就是神。"大姐优雅地说。

"魔鬼又在哪里呢？"

"在心里——那些使你犹疑、懦弱、仇恨、不敢爱的，都是魔鬼。"

白某顿感胸口挨了一针，郁积被刺破，倾泻而出，瞬时神清气朗。

不知道是大姐的祈祷生效，还是白某走上正确的道路，她也开始为霍某祈祷了。以前她对基督教一知半解，加上妈妈的那套善恶逻辑，再结合个人喜恶，形成一套属于自己的复杂而朴素的世界观——债还完了，一身轻，才能上天堂；债多的太沉，只能堕地狱。天堂也好，地狱也罢，都是下辈子的事儿，这辈子提早为下辈子做准备，是有慧根，还是没事儿闲的，白某并不清楚，但她知道这辈子结束还早，仍有很多未尽的事情，比如霍某那里。现在受这位大姐的影响，白某没有了出国前对霍某的那种疑虑和猜度，反而很坚定，也想拽他走上神旨的道路。而走上这条路，首先要停止恶事，洗掉污迹，才能循光亮而去。

多年来，白某始终感觉活在一片混沌中：不可理喻的前夫，不知终点的工作，不管不顾的弟弟，和霍某不明不白的关系，特别是不得而知的真相，它们把她从二十多岁拖到了五十岁，消耗了半生，疲惫且迷茫。现在，她终于有了明晰的目标，昏暗中射进一束光，照亮了活着的意义。

白某所在这座海滨城市的华人，多是离退休或喜好闲静的中老年人，自发成立了各种协会，有鸽友协会、钓鱼协会、川菜协会、德州扑克协会，还有禅修小组，文化氛围颇像大学校园。为了静心，除了去教堂，白某还参加了禅修小组，发起人是个六十多岁的老哥，有过多年这方面的经验，成立这个小组的目的是提高大家的灵性修为。问及何为灵性，老大哥说，修起来就知道了，是每个人都有的，但被遮蔽的能力。活动每次在社区图书馆进行，租一间活动室，集体打坐，费用均摊。也不是瞎坐，有指导教材，是一本流行的心灵内观书籍，作者是个美国的心理学家，在实修上也颇有造诣，老大哥曾参加过他开办的训练营，接受过一些打坐指导，结合自己多年体会，现在分享给禅修小组的同仁。老大哥说，打坐的本质是让心沉静下来，平时心就像被搅动的潭水，浑浊不见底，打坐是让心中的杂念自行消退，漂浮物沉淀了，潭水自然清澈，心也如此，自然就明亮了，灵性由此显现。大家开始尝试，老大哥说，一开始打坐，不一定非要盘腿，咱们岁数大了，老胳膊老腿，那么坐坐久了，反而难受，会让心更乱，浑浊无用，腿硬的可以靠在椅子上打坐，哪儿不舒服了随时调整姿势，别让心因为打坐而更乱，静心才是主旨。当然，如何能静下来，也有很多讲究，老大哥由浅入深，每次讲点儿。

　　白某一开始并未对此事抱有多大奢望，只是希望如果能减少些不良情绪，花在这事上的时间也算没白费。渐渐地，白某从这件事情上有所受益，睡眠好了，时不常的胸闷也消失了，便愈发投入，并有了一些发现。一次打坐完，交流感受的时候，白某说她闭着眼睛打坐放空的时候，突然觉得图书馆的窗外停了一辆黄色的山地车，打坐结束后她拉开百叶窗，果然看到了那里停着一辆一模一样的山地车。有组员说，会不会是你进图书馆的时候，看到那里停着这辆车，虽然没走心，但有了印象，打坐的时候这个印象又出现了。白某说，停车的位置是图书馆后门，她从家过来不会经过后门这条路。老大哥笑了，说如果心沉静到一定程度后，是会出现这种情况，比如还能听到很远以外平时不可能听到的声音。大家问这是为什么呢，老大哥说这时候的心更自由了，因此明朗清亮。

　　进一步解释说，心平时是受到禁锢的，被衣食住行生老病痛这些外在烦恼和五花八门的心念所累，能量都消磨于此，打坐的时候，杂念被排空，心的能量变得单纯而集中，强度上升，便能穿越粗糙心念下的禁锢，完成一些看似不可能的事情。有人问，这算不算神通？老大哥说，这是心本来就有的能力，只不过被日常粗重的念头淹没，如果从甘于被淹没的角度看，可以说是神通，但从究竟意义上看，这是心被解放后随之而复原的能力，不是什么奇谈。

老大哥还说，心在三种情况下，自由度会变大：死亡来袭的时候，睡觉的时候，禅修的时候。死亡之时，心和肉体脱离，不再被肉体所控，无拘无束，所以濒死的人，能在短暂的几秒里，浏览到自己的一生，其实是心穿越了时空。睡着的时候，五官关闭，心力没有投到外面去，未被外缘带走，浩瀚辽阔，但又因为昏沉压境，觉知乏力，未经训练者往往发现不了此时的心力之广大，但也不是一无所知，每个人都有一些奇特的梦，只是醒后无法用已有的道理解释。打坐放空时，杂念纷落，无异于心脱离肉身，也和睡着时五官闭合无二，只是程度的不同，但此时昏沉没有占据主导，因此会知道此时发生的事情，比如记住刚刚看见了墙后的什么。这三种情境，都好比人到了天空，摆脱了引力束缚，想不飞都不可能了。或者说，贴着地面直立行走，只是在有限条件下才会发生的偶然情况，人看不见墙后的东西，也是因为受限。

听到这儿，白某问，您说的心，是不是还有别的说法，能管它叫神识吗？老大哥说一个意思，不同语境下，有不同的词来表达这个意思，神识是偏佛教的说法，文艺作品里也会用到灵魂这样的词。

白某全懂了。她给马冬发去第一条短信。马冬的手机号是白某在泡温泉那一夜后从霍某手机里翻到的，那时候她就知道这条线很重要——而且马冬也是需要救赎的兄弟姐妹。

人必须有所行动，才不会被困住，或加速走上正确的路。

11

口香糖还在。

得使点儿劲才能把它从楼梯扶手上抠下来，它快成为木质扶手的一部分了。酒店当年的经理，恢复了它的口香糖身份。经检验，残留唾液的 DNA 和霍某的吻合。霍某被羁押，谭老板和陈老板也被缉拿，接受审讯。

当年那条通往贫困村的路被暂停使用，技术人员对桥墩进行了密度探测，测得桥墩各部分密度统一，无异样。

又找来施工队拆解桥墩，一块块切割，这回发现了异物，是一张照片。

马冬说当接到打生桩的任务后，没立即去办，而是又试了一次，他亲自盯着施工队干活，死活就是浇筑不上，邪了门。他问除了把活人灌在里面，有没有别的办法。风水先生说也可以用照片，但必须是活人的照片，而且要让这个人知道自己的照片被浇筑在水泥里，等于这个人的命已经结束在水泥里，水泥外的肉身无异于一具行尸走肉。日后这个人的命运将急转直下，因为他的阳寿已经祭奠给这座桥了。于是，在水泥如瀑布般从浇灌车里撒落的时候，马冬把自己的照片扔了进去。

这件事之后，马冬像变了一个人，乖张暴戾。故意和女朋友分手，他觉得真正的马冬已经死了，活着的是一张没有灵魂的皮囊。所以，那段时期他审讯嫌疑人的口头禅是：我没时间跟你废话。后来到了海南，迅速坠入花天酒地，既是对自己的补偿，更是自暴自弃。

马冬看着这张从水泥里取出的照片，不无得意地说，"那时候我还挺年轻。"

照片上，他刚刚理过发，穿着白衬衣，是特意去县照相馆拍的，冲着镜头微笑，他是当成遗像照的。那天他觉得，自己有对世界微笑的资本。又看到这张照片，想起当年的心境，马冬又笑了。

他说，在把照片扔进水泥浆中的那一刻，他想起过一个人，老董。结束一个人的生命，是件特别难的事儿。他觉得自己对老董的理解一直有误，开始重新分析老董和孩子为什么失踪，想重新展开调查，可是没过多久，自己就因打伤嫌疑人被公安局除名。然后去了海南，直至今日。

老董的手机里，一直把新闻软件推送"本地新闻"的定位设为当年县城所在的城市，现在，他终于回到本地，可以亲历本地新闻。他是一个人回来的，像四十年前来到这里一样，只身一人。伽利略完成在这个世界的使命，抓了海盗后，满意地和世界告别。

没人注意到老董回来了，人们忘了曾有这么个人存在，当年记得他的人，很多已经不在这个世界上了。一座座高楼在这里拔地而起，曾经只有杯口粗的树，如今已经像模像样地长在街上，枝繁叶茂，在人们头顶连成一片，像一条带顶的走廊。生活水平的普遍提高，让新一代年轻人的身高大幅增长，一米九二的老董不再抢眼，走在街上，和常人无异。这正是他希望的。

县城被划分为新城区和老城区。老城区就是以前老董生活和上班的那片区域，新城区是以前的一片菜地，现在县政府、公安局、县医院都搬过去了，大家也管那里叫经济开发区。几年前，县城升级为县级市，县政府更名为市政府。

老董在老城区找了一家宾馆住下。这里以前是他教书的中学，中学搬到新城区了，校园围墙被推倒，扩宽了马路，路面上跑着各种牌子的汽车。教学楼粉刷换了颜色，门窗也改造过，现在成了宾馆。

这天，APP 推送的头条新闻标题是"二十年前坠楼命案扑朔迷离，前副县长接受调查"。老董是看完新闻后，被公安局叫去的，他们说马冬给他留了一些东西。

老董到了指定的地方，是一片老楼下面的小仓房。马冬二舅住这楼上，他拿着钥匙，打开小仓房的门，说外甥二十年前存这儿一批东西，让他保管好，外甥对他家帮助挺大，小仓房的东西他就一直让外甥搁着。仓房漏过几回雨，他也都花钱修了，屋顶做了防水。老董跟着二舅走进仓房，一股霉味儿钻进鼻腔，打开灯，老董看到一些落满灰尘的旧家具，反应了一会儿，才意识到，这是二十多年前他房子里的家具。

同来的警员，也在马冬所说的位置找到一个铁皮饼干筒，彩色图案已经模糊，锈迹斑斑。打开，里面是个牛皮纸大信封，附着一层浅绿色的菌斑。信封上写着日期，是马冬在娱乐城打麻将赢了一万两千块钱的日子。倒出信封里的东西，是不多不少正好一万两千元，第四版人民币。

老董想起马冬在"中巴"上被杨警官带走前，跟他说的那句话：

"一千多年来比萨斜塔能成为最有名的塔，不光是因为斜，还因为它斜而不倒。"

回宾馆的路上，老董又把新闻软件里的所在位置改为欧洲，页面上出现了欧罗巴大陆的新闻。曾经多年拥有"北萨斜塔"这个绰号的老董一直想去看看比萨斜塔，顺便转转欧洲几国，再甄别一下罗马的生菜和老家县城的罗马生菜是不是一回事儿。滑动页面的时候，看到一条新闻，说意大利政府联合欧洲各国派出的专家组成评估团，计划修复比萨斜塔，将让它昂首挺胸笔直地矗立于比萨城的奇迹广场上。

看到这儿，老董突然觉得，如果真给它正过来，他就不那么想看了。

四、之前和现在

1

"没想到你是我在这里面见到的第一个外面来的人。"长出毛寸穿着囚服的霍某坐下后，向两张桌子以外那位坐在对面的女人说道。

女人有一头夸张的白发，坐在其中一张桌子的后面。

霍某守着另一张桌子坐下后盯着她的白发看了几秒，是自然的白，不是人造的，且不掺有一丝白以外的颜色。她像一朵云坐在那里，嘴角上翘，面带善意，是一种训练有素无需露齿的微笑。

她是一位省内久负盛名的作家——忙于机关工作的霍某并没有听说过她——姓卢，自报家门后，又主动说起出生年月。霍某一算，自己比她小五岁。年长，让人放心，特别是那头白发。

再往下看，与白发相呼应的是女人——霍某心里盘算，是不是看作老妇更合适——保养得很好的皮肤，虽已松弛并有褶皱，却能追溯出这些褶皱出现之前，她一定拥有这代女性所羡慕的肌肤。特别是对面的那双手，那是一双久居室内不怎么和劳动发生关系的手，手背的皮肤已出现肉眼可见的下垂，却因那些手指的存在，透出某种灵巧——这双手若出现在一位外科大夫身上，会很容易获得病人及家属的信任。

桌子下面露出卢作家的暗花印刻呢料长裙，遮盖着双腿，裙边以下是一双红褐色短靴，不新，正因如此，皮面自然的褶皱看上去很舒服。这身装扮以及这样的面容和手，还有棉花糖般的白发，出现在一起，便生出浪漫的色彩：看得出那头白发并非完全拜岁月所赐，而是一种个人选择的结果，就像她的肤颜和手，若不被特意照顾，任其自然参与生活，也不会像现在这般。

这是一位对自己有要求的作家。霍某和卢作家正式交谈前，得出如此印象。

一周前，在省文联的座谈会上，组织者让大家畅所欲言，就自己所在的行业，或在个人创作上，需要文联

提供哪些帮助。曲协的艺术家表示，目前他们这个门
类逐渐受冷，年轻人都被歌舞选秀吸走目光，想从事这
行的人太少了，后继乏力，希望能出台一些鼓励青年人
入行的政策；影协的工作者建言应该给予文艺电影大力
扶植，现在社会资本都流入商业项目了，要么狗血的爱
情，要么盗墓玄幻，缺少人性的温度；卢作家提出想去
监狱体验一下生活的请求。组织者问卢作家是不是想收
集素材，她说不是，是另一种需要。并解释道，这种需
要源于生物本能和创作冲动，就像入室的小偷突发低血
糖，无需翻箱倒柜，差不多也能在第一时间找到自己当
下急需之物——不是什么珠宝，就是一块糖。又进一步
说，自己已经过了六十岁，想通过另外一类人的生活，
将这个世界折叠，重新探索人性、发现自己。卢作家的
请求被组织者记录下来。

　　不久后省第二监狱召集了一些服刑人员，告知将有
一位作家来此了解情况，想找人谈谈，会问到一些问
题，是个女作家，谁愿意跟她聊聊。众人对这种事情缺
乏经验，没有反应。就在教导员准备再说些什么让大家
放轻松的时候，坐在人群中的霍某举起了手。

　　"您就问吧！"此刻霍某隔着两张桌子，坐在一头白

发的卢作家面前说。

"能先问一下，您为什么愿意接受我的拜访吗？"卢作家很注意用词。

"您觉得呢？"

"我实在想不出来，这超越我的经验，所以提出这个困惑，如果得不到答案，我很难聊下去——实话实说，因为我不确定您说的事情可信度会有多少。"卢作家眼睛一眨不眨。

霍某笑了："我不会让您白来一趟的。"

"可以录音吗？"卢作家问。

"当然可以。"

卢作家不动声色地从桌下拿起她的帆布拎包，取出天蓝色的保温水杯、录音笔以及纸笔和花镜，以最小的动作幅度摆在桌上，最后像拿起一件易碎品那样，轻触录音笔的开关，它闪起红灯。

"不用拘谨，想记什么、想问什么，随意。"霍某仿佛面对的是县报的实习记者。他曾负责过县委宣传部的工作。

卢作家的应激反应开始工作："我看了您的卷宗。"本来还把握不好说话的分寸，霍某的状态让卢作家知道该怎么说话了。

"我也想看看自己的卷宗，都不知道被定义成一个什么人了……"霍某笑道。

卢作家从桌子底下拎起一包东西："我的出生地，和您是一个县，咱们县产核桃，给您带了些。"

"谢谢！"霍某看着这包东西意味深长地笑。

管教用一次性纸杯端来水，摆在霍某的手旁，什么也没说，接过卢作家的那包核桃，然后坐到霍某斜后方的一把椅子上。

"咱们可以开始了吗？"卢作家问。

霍某喝了口水说："先回答刚才的问题，我为什么来接受采访。"

卢作家响亮地按下碳素笔的弹珠，笔尖像矛一样露了出来。她戴上花镜，更像一位德高望重的作家了。

"我最近几年开始看一些书，包括来到这儿以后，还托人把没看完的那几本书送了进来——对吧？"霍某看向身后的管教，并非求得认证，是他说话的一种习惯。

管教还是缓慢点了点头。

"有心理学的，也有佛学的。我在不同类的书里都看到一个说法，如果一个人认识到自己犯了罪，或者是做了坏事儿，心里过意不去——人心都是肉长的嘛——可以找人倾诉，当然倾诉对象不能是同伙，过后，他就能释然一些，每对一个人说一次，就能轻松一分……这是心理学的说法。我进来后，没事儿就找人说，别人以为我神经病，但我自己清楚，说完确实畅快了。"

卢作家认真地听着。

"佛学书里也有类似的说法，管这种把自己做的错事儿说出来的方式叫'发露'，发露能减少罪业——当然不是直接减刑的那种；而且越拣严重的事儿说，减少的罪业就越多，同时，听到你发露的人越多，罪业也减少得越快。这个我还没有过体验，关键是不知道什么叫罪业减少——下辈子别被这辈子牵连吗？"

"发露是哪两个字？"卢作家问。

"发财的发，暴露的露，在这儿读 lù。"

卢作家在纸上写下这两个字。

"听说你是一个写过很多作品的作家，我想你写的书应该有很多人看吧，如果你把我的故事写到书里，等于我面对着很多人做了发露，罪也能消得快一些。"

"那会怎样呢？"

"我也不知道会怎样，待在这里没什么事儿干，马上六十岁了，重活儿不让我干，但我总得干点儿什么，人是待不住的，哪怕心里琢磨点儿什么，有个盼头儿，也算有个事儿干。"

"所以您的盼头儿就是，把发露当个事情去做？"

"是，找点事儿做就不会觉得待在这里的时间难熬。"

卢作家知道霍某需要在这里待够十二年。

"现在您相信我了吗？觉得我还会编瞎话吗？"

"我还不知道。"

"我先往下讲着。"霍某扭了扭肩膀，又喝了口水，做出拉开序幕的准备，"有疑问可以随时打断我。"

2

本来我以为这辈子就在乡村里度过了，没想到二十四岁那年，也就是本命年的时候，有一天我正在乡委会统计计划生育的资料——我当时在乡妇联工作，可能是因为我念过高中，还算讲道理，人也比较老实，和女同志打交道没危险，就让我进了妇联。那时候我已经干到妇联的副主任了，再往上升也无望，妇联不可能让一个未婚男青年去当主任。我的学历在那年代的乡政府里是最高的，直到我调到县里七八年后，乡委会才来了一个大专生，那年头的学历含金量高，不像现在学历跟钱一样毛。

那天我正整理着下面各村已婚妇女上环和老爷们结扎的数据，妇联主任进来了。往常她进门都跟我打个招呼，这次直不棱登就坐到自己的椅子上去了，拿起桌上的罐头瓶咕咚咕咚灌水。看她仰头喝水那样儿，我就知道她遇到事儿了，犹豫着要不要关心一下。很快我就知道了，其实遇到事儿的是我。没一会儿副乡长进来了，站在我旁边，我给他让座他也不坐，溜达来溜达去，不时冲我神秘一笑，我被他看毛了，又不便问。妇联主任倒是对副乡长见怪不怪，说了一句"你们聊吧"就走了。

屋里就剩下我和副乡长两个人了，他在我对面坐下，问我想不想结婚，对婚姻有什么憧憬。那时候我已经虚岁二十五，年纪不小了，但在娶媳妇上不敢有什么奢望，家里条件有限，父母务农，下面还有一个弟弟一个妹妹，都是初中没上完就跟着家里干活了，上上下下就我一个挣工资的，如果随便从本村找一个，并不难，但这样的女方家里往往条件也不好，我的生活不能再出现更多牵扯，所以宁可打光棍。我跟副乡长打八卦，说缘分到了，媳妇自然就有了。他说现在缘分来了，一个在市政府里工作的领导，有个外甥女还未婚，年龄和我相仿，也是我们乡的，家里正给她相对象，问我愿不愿意见见。副乡长这么一说，我明白了为什么妇联主任刚才进屋后出现那种反应，她先于我知道了这件事情，觉得这是一株高枝，我攀上去，以后就不方便领导我了。但是我深知，这种找上门来的好事背后，一定有隐情。我问副乡长，对方什么要求，副乡长说唯一的要求就是得对姑娘好，这姑娘，有点儿跛足。

这就是副乡长的说话顺序，没有先介绍跛脚姑娘，再说她舅舅在市政府工作，而是反过来。这门亲事的性质不言自明。我和跛足姑娘见了面，比跛足严重，得架拐。姑娘人比较本分，长相不出众，也不寒碜，不愿过多扯出她的舅舅，家里人着急她结婚，她自己倒无所谓。我挺认同她这种态度，有种天然的亲近感，我俩都喜欢看女排，1986 年拿到五连冠不久后，我俩就结婚了。

没想到结婚那天，妇联主任也来了，随了十块钱份子，别人都随五块。我琢磨了好久，直到一年后被调去县里工作,才明白她这么做的原因——因为我结了婚就有机会去县里甚至市里上班了,加上我有高中学历,用不了多久,职权就会比她大,到时候她遇到事儿,可以来找我。后来她果真来了,而且不止一次,这不是重点,我就不多说了。

到了县里,我诚惶诚恐,除了每天早到一会儿给办公室的水壶灌满,其他上班时间里,我手都不知道往哪儿放。多说一句话,怕引起别人的注意;悄无声息,又怕被人说工作不积极。我托老婆向她的舅舅讨经验,得到的回复是挺直腰杆走路,光明正大做事,谨慎交友。事后想想,说得都在点儿上,但当时我根本理解不了,每天仍惶惶不安。舅舅毕竟是亲舅舅,让县领导给我安排了一些容易上手的具体工作,有了事情做,我就没那么多杂念了,专心完成指派的任务,别辜负了舅舅。工作中,我跟身边的人慢慢熟悉起来,有时候也会一起吃饭,互相传八卦,渐渐知道了,像我这样的人不在少数,并不是所有人都是凭学历和业绩进来的,于是我也就不那么自卑了。

但是能不能待住,得看本事,混是混不下去。我每天最后一个下班,把需要三天完成的工作用一天完成,回到家我也不闲着，把各种文件像历史书一样，能背就背下来。一年后，我转正了，关系正式调到县里。县里给我解决了住宿问题，老婆也被她舅舅弄到县百货大楼上班，卖毛线。因为有她舅舅这层关系，房管科给我们安排住进了筒子楼，是一楼，方便我老婆。

直到搬进筒子楼，一切安顿妥当后，我和老婆才有了第一次性生活。这时候我们结婚已经快两年了。刚结婚的时候，我俩谁也没提过这事儿，婚礼当天，就是躺在双人床上各睡各的，忙了一天，也都累了。一觉醒来，我意识到自己是个已婚男子了——以前我特羡慕这种人，可以过合法的性生活，到家还有现成的饭吃。但是我没能过上这种生活，老婆腿脚不方便，饭只能我做，而且一想到性生活，我就开始排斥，那种场面不敢去想：把我跛脚的老婆压在身下，褪掉她的衣服，分开她并不健康的腿——其中一条需要我动手去抬，然后将自己的男性欲望泄在她的身上……这么一想，我永远是软的。已经不是性生活美不美妙的事儿了，是我感觉在凌辱一个身处劣势无法反抗的人。

还是她父母先问我的，说结婚快一年了，怎么也没见动静。他们说的动静就是女儿的肚子变大，我说我也不确定他们的女儿适不适合怀孕，他们问所以你们就一直避孕吗，我含糊其词。他们说，你是她的丈夫，应该带她去咨询大夫，我点头接受。晚上，我把这事儿跟老婆说了，她说是应该去医院听听大夫的意见，但适不适合生，和我把她当没当女人是两回事儿，需要分开解决。我知道第二件事儿靠我一个人就能解决，可也不是一时半会儿就解决得了的。于是两件事儿我都耗着，多亏这时候县里的工作让我有的忙了，每天很晚才回家，确实忙，不是故意躲着不回家，回到家也基本就睡觉了，累得脚都懒得洗，顾不上太多别的。老婆和她家人也理解，毕竟县委大院不是谁都可以随便进的，门口还有武警站岗，里面的工作对他们而言庄严而神秘，有时候回家太晚，老婆还给我煲鸡汤。

前面说了，第一次办成那事儿，是在搬到筒子楼后。那晚我到了下班时间就离开了办公室，在路边农民的马车上买了菜，去国营饭馆打了半暖壶啤酒，拎着回到筒子楼。在公用厨房做好饭菜，端回房间，打开电视机，等老婆下班，这天有汉城奥运会中国女排对苏联的比赛。我只是因为工作上终于站稳了脚，想放松一个晚上奖励自己。

老婆下班回来，看到桌上的酒菜，说看个女排半决赛至于这么兴师动众吗，不是数落，是感到惊喜。我俩边吃边看，她也倒了半碗啤酒，准备为女排第六冠庆祝，结果没想到一开局，中国女排零比十五先输一局，让对手连得十五分。七年前咱们十五比零赢过她们，现在人家报仇了。后面两局中国女排一蹶不振，输得稀里哗啦，第三局只得了两分，没比第一局好多少，苏联队不仅报了仇，还占了便宜。这可太出乎意料了，我俩的饭还没吃完，整场比赛已经结束。我僵住了，半天说不出话，饭也吃不下，索性收拾了碗筷，端去水房刷。

刷到一半，还停电了，我正拿着碗冲水，眼前一黑，手下没准，撞到水泥台，碗碎了。我在心里对自己说，碎碎平安。端着洗好的碗回到屋，老婆已经点着蜡烛，插进酒瓶里，摆到窗口，她在靠窗边的床上坐下。

微风吹摆着蜡烛的火苗，此情此景让我想起学生时代，我们村也老停电，小时候点油灯，后来有了蜡烛，我每天晚上就在昏暗的光线下写作业。我小时候就不是很贪玩，属于作业完不成，干什么都不踏实的那种人。现在窗口摇曳的烛光，让我出现了习惯性生理反应——又想写作业了。确实还有"作业"没完成——在工作、生活的尘埃落定后，那项未竟的任务摆在眼前让我无法忽视。

老婆在床边坐着，一毛二一根的蜡烛把她照得像一个坐在深闺的待嫁少女，我只能看清她的轮廓和眼睛，别的什么也看不见，她的眼圈里汪着一潭水，是屋里最亮的地方，让我有种跳进去夜游的渴望。我在她身旁坐下，说，最近终于得闲了。然后吹灭蜡烛，就这么黑咕隆咚地把事儿办了。

结束的时候，通体舒畅，不是快感的那种，是一种心境。"作业"写完了，我不再欠什么，债还完了；却没想到，从此进入"还更多债"的生活。

3

"为什么说是还债呢？"卢作家放下笔问道。

"我都替自己亏得慌，觉得老天爷跟我开了一个大玩笑，专门派我到这个机构——就是我老婆她们家——去服务的。"霍某苦笑道。

　　我老婆她们家三个孩子，她上面有个哥哥，大她一岁，下面有个妹妹，小她四岁。我跟她结婚的那个年代流行万元户的说法，人人争当，我也努力存钱。我和老婆唯一的收入来源就是工资，我的工资卡她拿着，每月我留出生活费——因为买菜做饭的事情多数都是我的——剩下的她就收着，每攒到一个整数，比如五百，她就去银行存起来，还能拿利息。存折放在衣柜的棉被下面，可能那时候您家也是这样吧，所以小偷翻存折很容易找到。每隔一段时间我就会拿出存折，打开看看里面的数字，有一天我看到最后一行的数字是五千了，这意味我家是半个万元户了。

　　我偷着乐了没几天，老婆有一天跟我说，她哥要结婚，她们家条件有限，她想帮助一下她哥。她哥当时已经算大龄青年，谈个对象不容易，女方家里说怎么着也得配个三件套才能结这个婚。不是被子、脸盆、暖壶三件套，是冰箱、彩电、洗衣机。于是我就骑着自行车带着老婆，把五千零二十五元人民币送到了她大哥——我大舅子——的手上。市百货大楼冰箱、彩电、洗衣机三件套的价格就是五千零二十五，除了存折上的五千，我还从当月的生活费中拿出二十五块，放在一起，一起用手绢包好。

大舅子结婚那天，我甩开腮帮子吃，越吃越伤心，心想：再怎么吃，也吃不回来五千零二十五块钱呀！但我要把零头吃回来，能吃回二十六决不只吃二十五，当我撑得筷子掉地下都弯不下腰捡的时候，我在心里哭了，万元户的梦想就这么破碎了。

当然，最后家中存款还是超过了万元。那时候我已经是县委办公室的副主任了，负责市民文化广场项目的修建，把县体育馆门前的那片砖石地面变成了花岗岩的广场，中心位置还立了一尊"奋马扬蹄"的雕塑，大理石的，当时可是县城的标志性建筑。前两年被挪走了，白马被雨水和尘土沁成黄马，大理石的缝隙里落进草籽，积土一多，马背上长出草，远看跟鬃毛似的，倒让马逼真了，但是秋天一过，草变黄枯萎，又像马在掉毛，新县长嫌难看，就给弄走了。说回来，广场竣工之日，我们搞了剪彩活动，体委、文化局的人都来了，挺热闹，结束后还吃喝了一顿。那时候管得不严，盛行公款吃喝，但不是大吃大喝，钱是有限的，我们懂得细水长流。施工方的人也出现在饭桌上，带了几瓶五粮液，那时候我们还没喝过这酒，光在电视上看广告了。最后那几瓶酒都被造掉了，饭局挺晚才散，我站在饭店门口把领导们一个个送走，一转身，看到施工方的人一直在身后陪着我。他姓谭，县城第一家三星级酒店就是他盖的，这次广场项目经过招标比稿，也给了他。他说开车送我回家，我没让，指了指锁在饭店门口的自行车，说我骑它回。他冲车外站立的司机做了个手势，司机打开那辆桑塔纳的后备厢，把我的自行车倒着塞了进去，后备厢的盖儿也不盖上，就那么翘着，然后拉开了后排的车门。

因为还没坐过桑塔纳，在谭做了一个"请"的手势后，我坐到了车里。司机拉开后排另一侧的门，谭挨着我坐了进来。从饭店到我家没多远，所以一上车，谭就开始感谢我，说给了他做这个项目的机会，其实在饭桌上以及其他场合，他也对我说过。我正要说应该我感谢他，这是我经办的第一个项目，压力很大，怕出什么意外不知怎么收场，最后如期完工，让我松一大口气。没想到他突然握住我的左手，将我的掌心向上翻起，然后另一只手像阵风，将一个牛皮纸信封吹进我摊开的掌心中，并死死按住，同时重复了一遍表示感谢的话。我知道这是什么，我说不用这样，项目验收合格，我就已经很开心了。他说一码归一码，不成敬意，这才把手撤去。我摸到了信封里面东西的厚度，感觉左手被一坨沉甸甸的东西压着，推不开，也抽不回来。谭看出我的为难，说承蒙我的关照，施工期间有什么做得不对的地方让我尽管讲，快中秋节了，本想送我两盒月饼，但不知道我爱吃五仁的还是枣泥儿的，更不知道我家人喜欢吃什么，这就是一点儿心意，祝我中秋快乐。我也回祝他中秋快乐，然后在嘻嘻哈哈的说笑中撤回手，不动声色地将手和手里的东西一起揣进左侧裤兜。

车把我送到所住的大院门口，我不愿再让车往里开，院里住的都是熟人，免得被看到。谭也心领神会，司机搬下自行车，我推着进了大院。信封一直在裤子的左兜里，坠着我左边的裤腿。我估摸里面装的是一百张十块的。

回到县委家属楼——这时候我已经搬离筒子楼，分了一套三楼的一居室，老婆挑的，本来可以选二楼，她觉得三楼是黄金楼层，宁愿受罪多爬一层——楼梯上了一半我停住了，掏出信封，抽着里面那摞东西的一个角，看到整摞都是一百的。就这样，我一下变成了万元户，但人们的理想已经不再是当个万元户，全社会都涨了工资，一万元仿佛娶进门多年的媳妇，魅力骤减。我和谭却因为这件事儿，熟了起来。

通过谭，我又认识了陈，一个搞家电生意的老板。跟他俩的接触，让我的存款多了起来。一开始我还把钱藏起来，因为不知道该怎么跟老婆说，后来多了起来，我就想，这些钱无论是花在我身上，还是花在家庭建设上，我老婆都会知道，不如对她透明。我就跟她说了，她也有点儿担忧，这些是我俩的家庭都未曾经历过的事情，毫无经验，但也知道这是社会普遍现象，于是就摸着石头过河，在游泳中学会游泳。我把钱交给了老婆，她又一笔笔存起来，几年后即将存到十万，也让我淡忘了五千零二十五的事儿。

直到有一天，我看老婆开始吃一些美容驻颜的药，还往脸上抹乱七八糟的东西，家里的牙膏也从"两面针"变成全是外文的，我一问，知道了这是传销产品，她从她嫂子那儿买的，或者说是她嫂子推销给她的。这个嫂子，就是她哥用三件套娶回来的那个女人，比我老婆还小两岁，但我和老婆还得管她叫嫂子。她嫂子在做传销，一开始是送一两件产品给亲友试用，然后强行把产品卖给使用过的亲友，亲友抹不开面儿，就多少买点儿。这嫂子不满足于此，为了发展出更多下线——这样她就是上线了，能年入数十万，传销公司为她描绘出的职业远景——她就当自己的下线，自己买自己的东西，家里的钱都变成了产品，还四处借钱。终于借到了我们家，先是她管我老婆借，我老婆象征性借了一些，后来又借，我老婆说没有了，于是她丈夫，也就是我大舅子带着她，还带了一些传销产品，到了我们家。之前亲友们已经话里话外表示过传销是骗人的，希望这嫂子能金盆洗手，现在她到了我们家，摆出一副受害者的样子，话没说几句，眼泪先流下来，也承认自己被人骗了，欠了不少钱，现在打算买个门脸房，处理那些砸手里的产品。那时候县城出现了第一批私有产权的门脸房，就是现在说的底商，地段不错，她想买一间，便宜出货，赔点也没关系，先兑了现，还上外债，然后再用商铺干点儿别的买卖，挣了钱还给我们。

我问她，非得买商铺处理吗，放在家里不能卖吗？她说商铺门前客流量大，这东西光指着她认识的人买，是不可能卖完的，想迅速解套。我为什么这么问呢，因为不久前我也看过这里的商铺，盖之前我就知道这里将发展成商业街，我参加过这条街的商业开发会议。本来我打算和老婆偷偷摸摸买一套，租出去，每年收房租，可以过得有滋有味，结果还没来得及跟老婆商量，她嫂子先来找我们商量了。我老婆也是缺乏社会经验，被她嫂子三绕两绕给说动心了，开始问商铺多少钱。她嫂子说七万一套，有将近三十平。这倒是跟我了解到的一样。大舅子在一旁敲边鼓，说你嫂子还想过焊个冰棍车，以后就夏天卖冰棍，冬天把冰棍箱从车架子上取下来，换个铁炉子，卖烤红薯，我没同意，觉得这不是女同志该干的事情。我老婆上当了，跟着附和：是不合适。于是我家的存折就到了那两口子的手上——那年代只要有密码，不是户主，也能取出钱。

我就纳闷，他们怎么就能猜出我们家能拿出这些钱？后来又有过几次被釜底抽薪的经验，我明白了，他们未必知道你正好能拿出来，但就是好意思跟你张嘴，你要是心软答应了，那就正中下怀。

您也许会想，钱是我辛苦挣的，老婆借出去的时候我为什么不拦一下呢？也怪我，完全是聪明反被聪明误。我认为他们买了商铺，哪怕那些玩意儿卖不动，钱还不上，商铺还在，可以过户给我们，我们也不会有什么损失，说不定房价还涨了呢！您也许又会问，那为什么我不直接买下商铺，哪怕给他们白用，一分钱不收，至少我把房子留在自己手里了。我不是没想过，但一转念，我嫂子那种人，如果看到房子被我买走，会认为我挖了她的墙脚，然后跟她的那些传销朋友乱讲我的事情——虽然我并没有什么把柄在她手里。县城是熟人社会，传来传去，有时候就变味儿了，我怕前程受影响，毕竟靠工资是攒不出这么多钱的。

售卖传销品的商店如期开业，有时候路过那里，我会进去看看，目的当然是提醒他们尽早还钱。我发现商铺里堆的产品不见少，反而越来越多，有些不解，我那嫂子说是朋友的货，放在这里一起卖，卖了给她提成。结果有一天，我路过商铺，见关着门，贴着封条，像一个白色的叉，宣判着这里一切是错误的。我急忙走上前，看清封条上的字，是县法院贴的。我马上联系了法院的朋友，打听出来，这房子被我那嫂子做了抵押，贷了六万块钱，又全都买成了产品。现在钱还不上，被借款方起诉，法院强制执行没收房产，不日就要拍卖掉。长那么大，我第一次体会到什么叫傻眼，就是胸中万马奔腾，却束手无措。真是万万没想到，世界上已经出现抵押这种玩法了。法院朋友说的这些，我第一时间没有

听懂，都是他给我做了名词解释后，我才搞清我那嫂子
干了什么。

就这样，前后十年，我两次被他们掏空，真他妈是
欠他们的！但这离结束还早着呢……问点儿你想知道的
吧，我别光说这些了，这二十多年里类似的事情就没断
过，我要一直说下去，一个下午怕是挡不住，别搞成诉
苦大会……

"那就说说您和白莉的事情吧！"卢作家往后靠了靠
身子，"要不要先休息一下？"

"也行，我去趟厕所——这里的厕所真的只是厕
所。"霍某苦笑着把脸扭向管教。

4

霍某再次坐到刚刚的座位上，卢作家已经坐在对面
的桌后等候了。她只被批准了两个下午坐在这里采访，
今天是霍某，明天休息，后天的受访对象还没定，她想
根据今天的感受再商量后天约什么人聊。

"您继续。"卢作家在霍某坐定后看了眼手表，再有不到两个小时就到了规定的结束时间。她按下录音笔。

"说白莉是吧……"

白莉是我们高中时候的班花，班里一半人来自下面的乡镇，她家是市区的，加上天生一副精致面孔，穿得也洋气，开学第一天，就受到众人瞩目。我那时候住校，她走读，每天回家，常换衣服，身上总带有一股洗衣皂的味道。对于闻惯了汗臭的我们来说，那种碱味儿就是一种清香。所以男生宿舍夜谈的时候，都管她叫白茉莉。

整个高中三年，我跟白莉说的话不超过三十句，我俩没什么交集，座位离得又远，想找话说都找不到，关键是也不敢，那时候男女生都很疏远，故意似的。高中一毕业，就各奔东西，考上大学的去报到，落榜的找活儿干。白莉也落榜了，这倒不是意外，她学习并不突出，我以为她会复读，却没有。没几年，就听说她结婚了，我当时还单身，特羡慕白莉的丈夫，虽然没有见过他；后来又听说白莉离婚了，真不理解她丈夫。

我是调到县里工作了几年以后遇到白莉的。不知道从什么时候起，我上下班的那条路上出现了一家个体家具店，我是先看到了白莉，才留意到那家店。当时我下班在路口等红灯，头往左一转，就看到了白莉。她正坐在店门口吃冰棍，屁股下面坐着小板凳，腿自然伸展到下面的台阶，夕阳照在她的身上，小腿反着光。我看得出神，变绿灯了也不知道，后面有人按车铃提醒了我。我把车推到路边的树后，站在阴影下面，仔仔细细把她看了会儿。直到她吃完冰棍，进了店，我才骑上车回家。

以后每次上下班，经过这里的时候我都会放慢速度，盯着那家店看一会儿，有时候能看到白莉正在门前扫地掸水，多数时候看不到她，这家店成了我上下班路上的一段风景，让我每天出家门、进家门，动力十足。那阵子北京在开亚运会，国际赛事的圣火第一次在中国点燃，我也如沐春风。

县委的办公楼也是那时候盖好的，之前在平房办公，用的桌椅板凳都扭曲变形了，不值得往新楼搬，安排我负责新办公家具的采购。我第一时间就想到了白莉的家具店。

我装作逛店的样子，第一次走进那家店。我想好了，如果白莉没认出我，我转一圈就走，说明我太不起眼了，她对我根本没印象。结果她认出我了，没想到毕业这么多年了，从少年到了青年，她还记得有我这么个人，我也当场做出热烈回应，临走时拿了一张名片。没过多久，我就打了名片上的电话，问起办公家具，最后县委三层小楼的家具都是从她店里拿的。

那个时候我家存折上的五千块钱还在，本来我是想换张好床的，我知道白莉店里有张席梦思，如果尺寸合适，我真会买回家，每晚躺在上面，想象着这是从白莉的店里买回来的，就足够美好了。我和白莉拉尺子量了那张床，可惜我家太窄，一居室，放不下；好床都有个特点，宽，宽才舒服。有些遗憾。白莉让我先躺上去感受感受，舒服的话，她问问厂家有没有窄一点儿的。我真躺了上去，因为太想知道睡好床的感受了，我家那时候用的是木板床，铺了两层褥子，每天起床腰背酸疼。来家具店之前，白莉请我吃了饭，还喝了酒，因为高兴就多喝了点儿，平躺到床上后，血液倒流，酒劲上来了。

我也不知道哪儿来的勇气，或是白莉为了感谢我，我俩竟然在店里把那事儿办了。说喝多了吧，确实有点儿，但又很害羞，因为这事儿我只和老婆办过，没什么经验，只会笨拙地操作，还担心白莉笑话我。

有句话说的是，男的提上裤子就像变了个人。其实这话有另一层意思，就是办完那事儿的男人会变得清醒。我从床上下来后，知道自己做了不合适的事情，想起我还有老婆，想起我的工作是老婆的舅舅安排的，开始害怕了。但我不后悔，甚至做好了丢掉饭碗的准备。

在这方面还是女人成熟，白莉提醒我该回家，我不好意思看她的眼睛，整理好衣服，离开家具店。推门出来的时候，我才意识到刚刚发生的事情有多突然和不合时宜，门都没来得及从里面锁上。

我自知做了错误的事情，之后便没再联系白莉，心里有愧。每天上下班，还会从这条路经过，还会有意识地往店的方向多看两眼，同时也担心被白莉看到，让她想起那件事情，勾起不好的回忆，心里不爽，再把这事儿捅出来。直到有一天，她给我打来电话，当时我正在办公室，桌上的电话响了，我随手拿起来，听到一个女声说找我，我当即听出是她，我说我就是。家具店遇到点儿麻烦，有小痞子去收保护费，我让公安的朋友过去看了一眼，事情解决了。她后来又打电话给我，让我有空就去店里坐坐；我太怀念那次床上发生的事情了，时常回味，于是当天傍晚我就去了。为了不惹人注意，后来我们基本都在她租的那套房里约会，这时候她仍然单身。

我和她确实偷偷摸摸度过了一段美妙的时光。有一次她那房子的暖气管裂了，我俩一起淘水，浑身湿透，解决完，互相看着对方傻笑。我曾想过，如果我们真是一对夫妻，一起面对生活中的这些琐事，战胜它们，然后把日子顺利快乐地过下去，该多好。

白莉有一个弟弟，知道了我和白莉的事儿，有一天我离开白莉家，被她弟弟在楼下堵住，管我借钱。她弟在县城复读，看上去还像个孩子，我那时候不知道他吸毒，就把兜里的钱掏给他，也不多，犯不上跟白莉说，免得她操心。换个角度想，他弟也相当于我小舅子，我老婆那边的大舅子能把我辛苦攒的钱借走，这边的小舅子管我借点儿钱算得了什么呢？那时候除了工资，我也有活钱了，白莉是我喜欢的女人，她家的事情我愿意搭把手。

后来她弟一而再再而三地找我借钱，给我弄烦了。那次真是太过分了，他在县城新建的酒店开了房间，还消费了里面的酒水，叫我过去结账。这账我可不能随便结，要不然下次更甚。这时候我刚当上办公室主任，这酒店给县委备了一套房间，在二楼，用来招待外宾和来此投资的商人，也有些不方便走前门的客人，我就带他们从后门进，酒店给了县委一套钥匙，在我手上，需要用房间了，我就来开门。这次我方便了自己，从后门进入酒店，不能让人看见我因为白莉的弟弟来过这里，我知道他是个会给人带来危险的家伙，谨慎一直是我做事的风格。

爬了十二层，进房间一看，我都惊了，没想到这小子吸毒。碰这玩意儿可不是儿戏，我得让白莉知道；但她弟不让告诉，还拿我和他姐的事儿威胁我，说不给钱他就让我俩的事儿大白于天下。瘾君子脑子就是不正常，公布了对他姐有什么好处？可他真就跑到窗口，冲外面大喊，我去捂他的嘴，他咬我，咬得生疼，我摸到了他的牙，想给掰下来，他咬得更狠，我下意识一推，他也是太轻了，真是弱不禁风，毫无征兆地就从窗口飞了出去。

我探出头的时候，看到了楼下的惨状。从进门到发生这事儿，前后不足五分钟，我一直处于蒙的状态。本来就不愿意来，来了看到他吸毒的现场心里开始一阵阵犯恶心，然后他开始威胁我，我俩撕巴起来的时候还咬了我的手，哈喇子顺着我的掌心直往手腕流，每一环节都让我觉得活在一个像梦一样不真实的时空里。所以看到楼下的惨象后，我转头就走，顺原路撤离酒店，想尽快结束这种不真实。

我先回了县委，逢人就打招呼，让大家都看到我，尽量排除嫌疑。下班后我一到家，就找出给白莉弟弟买的那双鞋的发票，这么贵的鞋，买的时候挺心疼的，所以发票也舍不得扔。她弟弟那天穿的就是这双鞋，现在发票拿在手里已经发烫，我点燃煤气炉，把它烧了。这鞋的款式太抢眼，也贵，县城没卖的，绝不能让人在我家看到发票。

当天晚上，我特意下楼遛会儿弯儿，县委和公安局的家属楼在一个院里，听到了酒店坠楼案的传言，流传的说法是跟吸毒有关，没人传是他杀。第二天临近中午，我接到白某的电话，哭泣不止，说她弟弟死了，公安的人刚刚找过她，她现在准备关了店，回市区的家中陪父母，他们也知道了这事情，身边得有人看着他们。我说我找个车送你。那时候我们用车还是比较方便，午

饭时间，我去食堂找司机要了车钥匙，开车送白某回到
她市区的家。路上，我用余光观察着她，也没主动找话
说。车是手动挡的，不需要换挡的时候，我一直握着她
冰凉的手。

在家待了没几天，白莉又打来电话，说梦到她弟弟
了，弟弟在梦里告诉她，他被人推下楼摔死了。她惊醒
过来，三天心神不宁，又去了刑警队，说了这个梦，以
及弟弟交的那些不靠谱的朋友，想申请再调查一下。刑
警队没受理，她就问我，能不能打声招呼，让刑警队重
新调查。

我拿话筒的手直抖，尽量控制着声音不抖。就在几
个小时前，也就是那天凌晨的时候，我被一个梦惊醒，
梦见白莉对我说，她弟弟是被人陷害的。当时我并不
知道白莉梦到了她弟弟，但我的这个梦真真地把我吓到
了。我喝了口水，缓了半天又躺下，后半夜就没再睡着，
一个人躺那儿分析来分析去，觉得还是心理压力大，所
以做了这个梦，按说白莉是没道理知晓实情的。没想到
刚一上班，我就接到了她的电话。我不知道白莉为什么
会做这个梦，在她提出希望继续追查的请求后，我说如
果你先告诉了我，我可以直接带你去见刑警队的朋友，

请他们吃个饭，把事情说了，但是你刚去完刑警队，我再找他们，人家很自然就联想到咱俩的关系。关键是得压灭星星之火，我就跟白莉说梦有多不可靠：我小时候爱下河玩，可特别害怕水里的蚂蟥，那玩意儿往人肉里钻，所以每次下水都蜷着脚趾，唯恐踩到，玩得一点儿不放松；我见别的小孩遭遇过蚂蟥，用鞋底使劲抽，它就从皮肤里退出来了；虽然我一次也没赶上这事儿，但时不常做梦就会梦到去河边玩，蚂蟥钻进我的胳膊或大腿，我又找不到鞋，就用巴掌使劲拍，蚂蟥却钻得更深，然后就被吓醒了。我说这梦就是对心底暗藏恐惧的投射，其实是给人提醒，忘掉心里的坎儿，放松生活，就能跟这样的梦告别。我安抚白莉，她需要放松，事情已经发生，别再把自己逼坏了。这番话通过话筒传递到白莉那头儿的时候，我真感觉有蚂蟥在往我拿话筒的手心里钻。白莉可能也是觉得梦不靠谱，不再坚持，辞了家具店的工作，每日在家守着父母。

其间我们打过几次电话，那时候我老婆正好病了，子宫癌，除了开会，我光往医院跑了，白莉也知道，渐渐就电话也不打了，互相从对方的生活里退场。

"白莉弟弟坠楼案的办案民警叫马冬，你们后来有过很多合作？"卢作家插问了一句。

"当时还不认识马冬，我是后来才和他熟悉起来的——不过实话实说，确实是我主动结识他的。"霍某说。

5

马冬当了省十佳民警后，我想这小子将来弄不好会成为我们这里的明星警察——每个地方都有那么一两个吃得开的警察——我就以县委贺喜的名义约他吃了顿饭，谭和陈帮着联系的。因为坠楼案也是马冬办的，我想的是，认识后可以经常见面，碰上重案他们通常会在饭桌上念叨，显示自己干着多么重要的工作，万一坠楼案重新调查，我也能随时掌握自己的处境。后来就越来越熟，然后一起做了些事情，他可能也是为了多挣些钱，就脱掉警服，跟着谭和陈经商了。

马冬不干警察后，我确实松了口气，一般离职警察过手的案子，不牵扯什么重要人物或节外生枝衍生大案的话，基本不会翻案。但我毕竟做了那事，注定摆脱不了它的阴影，我老婆的舅舅这时候快退休了，想把我调到市里去，我以适应陌生地方的能力差和没有那野心为由，继续留在县里。毕竟那事是在县里犯的，县公安局的管辖范围，我在县委上班，有个风吹草动，能第一时间知道。可以说，我后来人生的种种考量，都是以捂死这事儿为第一原则。

后来我去市里开会的时候，又遇到了白莉。她已经是个卖鞋的个体户了，做得不错，能看出已经从她弟弟的事情里走出来了。我老婆这时候也去世了，隔三差五一趟医院，跑了三年，还是没了。见到白莉后，我有种想亲近又惧怕的感觉，她既像亲人，也像一个易燃易爆品。

在她的邀请下，我们小聚了一下，看着风姿绰约的她，我冒出一个大胆的想法：跟她在一起——最危险的地方也是最安全的地方。这样，我们又恢复了以前的关系。虽然我单身了，却不能跟她结婚，我老婆，也就是亡妻她们家，依然跟我有许多牵扯。

先是她舅舅那边，我调来县委工作是他一手操办的，包括现在做到办公室主任，如果光靠我自己，是不可能的。我不可能老婆一死，就立马再婚，情理上说不过去。老婆她舅舅虽然也退休了，曾经的部下还担任着市里很多要职，他张嘴都得给他面儿，所以我如果想顺利地把办公室主任的工作干下去，续弦并不是易事。

老婆她们家主观上也愿意跟我保持藕断丝连的关系，知道我的工作有活钱，遇到事儿了，毫不见外地把解决方案寄托在我身上。这就说回之前的话题了，她们全家把我当成取款机。老婆的妹妹，嫁给一个邻乡的包工头，这男的爱吹牛，说在外面承包了多少工程，我跟他见第一次面时就觉得这人不行，但我那小姨子愿意嫁，吃他那一套。婚后几年，这男的没往家里拿过一分钱，说自己的钱都压在项目上，甲方结款难，他还得给工人发工资，我那小姨子也真信。他俩来我家借过一回钱，我媳妇心软，觉得她妹妹不容易，就借了他们家几万，那时候几万能在县城买一套房。钱拿走的时候，这男的还吹呢，说项目款下来多还我一万。后来很多年过去了，我老婆都没了，他也没还一分钱，然后又由他丈母娘出面，也就是我亡妻的妈，也是我丈母娘——不知道这种情况算不算前任丈母娘，带着我这个连襟和小姨子来找我，又要借五十万。我问他做的是什么项目，不可能十几年见不到钱吧，光往里搭钱，干脆别做包工头了，不如去当民工，每年还能带几万回家。丈母娘讲明来由，这妹夫欠了高利贷，人家逼债逼得紧。我问他为什么借高利贷，他说打牌欠了钱，为了堵窟窿，就借了高利贷；我问他为什么不专心把项目做好，还有闲心打牌，他说打牌也是为了项目。说得倒也没错，可别人打完牌，项目款也入到自己账上了，他永远是赔了夫人又折兵。我前岳母说，这个三姑爷——他媳妇排行老三，我是二姑爷——他点儿背，遇不到好项目，鉴于眼前这种形势，问我能不能先借他五十万周转着，或者我手头有好项目，发他一个。我这前丈母娘太天真了，她这三姑爷娶了她三女儿也不是一天两天了，还看不清他什么人吗，还替他说话，不是傻就是故意的；这三姑爷也恬不知耻补充了一句："姐夫，回头连同上回那五万一起还你六十万。"我更是气不打一处来，上回那五万我要是买了房，现在也值五十万了，还好意思跟我提十年前那五万。

对于前丈母娘说的那两种方案，如果二选一，我宁可把钱借给这永远上不了听的连襟，也不能把项目交给他。但我就纳了闷了，他们怎么就确定我能拿出五十万，把我当什么了？我直截了当告诉他们，没这么多钱。他们竟然问我能拿出多少，我说我每月几千块工资，还得吃喝，你说我一年能剩多少？他们当然也知道我的收入不只是这些钱，我摆出这种态度，是想和他们一刀两断。小姨子见状，问我是不是又处对象了，打算再婚。我说没时间考虑这些事情，工作忙得很。

他们自然不甘心空手而归，没过几天，他们的舅舅给我打来电话。先是问了我最近工作有什么困难，还是一副老领导想帮下属解决问题的口吻，我不想再跟这家扯上更多关系，就说一切尚可。然后舅舅把话题转到这三姑爷上，说都是一家人，能帮还是帮一把，如果我不能给他介绍些好项目，就经济上直接拉他一把。我说我拽不动他，他体量比我大，张嘴就是五十万。我说的是实情，我即便有些灵活收入，也没他们想象的那么随意。舅舅说他已经给三姑爷拿了十万，剩下的让我想想办法，然后开导我，人出来工作，除了实现个人价值，获得尊重，另外一部分意义就是让家人过上好的生活。理儿没错，但是这三姑爷跟我没一点血缘关系，帮他填上这个洞，他会挖更大的坑，事实已经摆在这里，没准再过十年，他又张口五百万。毕竟舅舅开口了，我得给他面儿，但确实拿不出这么多，我实话实说。舅舅说事在人为，他年轻的时候也在县委待过，熟悉各环节的工作，只要把工作干好，可以适当把握工作之便，让一件事情取得双赢的效果，要不然合作方怎么知道你这个人好接触呢，怎么能更好地开展工作。

毕竟是市级别的领导，舅舅的这番话高屋建瓴，给我壮了胆。没过多久，我跟谭签了个合同，给一个贫困村修建一条直通县里的路。合同签订完，他俩也对我有所表示，再加上我之前的积蓄，一共四十万，都拿给三姑爷了。我再次被掏空，得到的只是三姑爷的一张欠条。

所以，别人挣外快是积累财富，我挣外快，每次都是实现零的突破。

"这条路是不是就是需要马冬打生桩的那条路？"卢作家问。

"是。"霍某说，"马上就到全路贯通的日子了，河道上面那截桥始终浇筑不好，谭就问我怎么办，我说你是施工方，怎么办你想辙，我找你干这活儿是信任你，知道你不会完不成。然后他就提议，要不要让马冬来办这事儿，我知道这是给我'下套'，让我担责任，我其实完全可以不接这茬儿，但作为朋友，我觉得应该和他们站在一起，有难同当，况且修路的这个村子也是我家所在的村子。我这边的很多亲戚还住在村里，因为交通不便，缺少经济往来，日子一直贫苦，成了全县最困难的村子，修路也是市里立的军令状，要去省里争优。各种原因一综合，我不得不对修桥的事儿表态，好在事情完成得还不错，这个村子产核桃，路修好后，核桃不愁卖了，现在很多家盖起两层小楼。您送我的这包核桃，估计就是那个村子产的，咱们县就那个村子产核桃。我能在这里面吃到这些核桃，也是命运……不过我真没想到，马冬这小子以那样一种方式完成了这事儿；现在我也就理解了，为什么他明明可以跑到国外生活，却偏偏留下来自首——其实他并没犯多大的事儿，把该接受的惩罚领受了，又可以是一个自由的人了。"

"还是先回到白莉，这个时期你们的关系有什么变化？"卢作家翻出前一页纸，那页还没有记满。

这个时期，是我和白莉最惬意的一段日子。道德上不存在羁绊，我俩都有了人生阅历，知道分寸，懂感情，经济上也不拮据——当然，得是没人再向我借钱的情况下。我们在一起最舒坦的事情是坐在沙发上吃冰淇淋看电视，她抱着桶，我一勺，她一勺。我们这代人小时候缺嘴，对甜的东西有特殊嗜好，童年和少年的缺憾，我都在这个时期给补上了。

后来我有了一次去美国的机会，自费旅游，我当时不在县常委里，出国还算自由。我是和白莉一起去的美国，一方面我把这趟当成是蜜月，另一方面我得为将来做点儿准备。我在那边办了一张银行卡，这样安全，我国内的账户上不宜出现太多存款。我也让白莉办了卡，我很信任她，觉得余生就跟她在一起了，钱放她那儿一些更稳妥。这时候我已经做好了和她结婚的准备，我知道她生活里没别的男人，我俩搭伙过日子，也算是饱尝生活冷酷无情后的一种慰藉。

从美国回来后不久，北京申奥成功，我进了县常委班子，分了套大点儿的房子。是白莉帮我收拾的房子，我那时候也不忌讳和她在一起，对亡妻她家我已经做得问心无愧，该为自己活了。我和白莉在新房里做爱，看到了她鬓角的白头发，不止一根，提醒了我人生到了什么阶段，觉得应该和她生个孩子。我也向往孩子趴在我身上玩、把我当马骑的感觉，但又担心生出来的是傻孩子……

"为什么有这种担忧呢？"卢作家半低着头，目光从镜片上方投来。

"我俩岁数都过了四十，人家说生育年龄过大，容易出现这种情况。"

"所以就没要孩子？"

"也不全是，如果那时候怀上了，我会顺其自然接受。"

"白莉也是这么想的吗？"

"男人和女人在这事儿上的态度挺不一样的，包括要不要领证，我觉得有些话不用说透，中年男女应该彼此心知肚明，船到桥头自然直嘛，但她需要个说法。"

有一次我俩去泡温泉，吃早饭的时候她问我，接下来怎么办，不是问吃完饭干什么去，是我俩的关系，还这么有一搭无一搭的吗？问得挺突然，弄得我有点儿措手不及，我想好的那些打算，现在却说不出口。人真是很奇怪，心里想是一回事儿，说出来是另一回事儿。那天早上，面对白莉的提问，我语塞了，当然这里也有那件我不敢面对的事情在作祟，哪怕没这件事，我也不好意思说出"要不咱俩结婚吧"这样的话，上高中的时候我不敢追她，现在让她嫁给我我心里也没底，好归好，真涉及婚姻又是另一档事儿，我对婚姻看得还是挺重的，关乎责任、承诺，可能我打根儿上是一个心重的人。所以只能以近乎废话的方式回应白莉，我说还那样呗，并故意表现出不走心的样子，遮掩底气的不足。

白莉当时什么也没说，但我明显感觉到，从这以后，白莉开始跟我生分起来。开始我认为她是赌气，以其人之道还治其人之身，女人嘛，不就爱耍个性子嘛；但后来我发现不对劲，虽然我俩还按以前那种时聚时散的方式过日子，但她少了那种死心塌地的劲儿。我买了冰淇淋想和她一起看电视吃，她说肚子受不了凉，电视没看一会儿，她就困了，自己先睡去了。而且还把门关上了，以前她都敞着，我特意半夜推门进去，在她旁边躺下，她还翻身给我挪出地方，倒也没表现出抗拒，但下回她睡觉，还会把门带上，给我留在客厅。

说来惭愧，中年男人很容易被激怒，也很容易放弃，白莉曾经是我生活中一切美好的象征，看着她离去的背影，我有些厌恶了。可能这就是中年的无力感吧，已经没有了少年和青年时的那种进取心，从理想主义萎缩成实用主义，我开始尝试五彩斑斓的生活，但很快抽身而出，那种生活让我感觉不到快乐和慰藉，反而心里更没着没落。我最近在这里面想，可能也有另一种原因，就是我在县委当个小官儿指使人办事儿指使惯了，突然遇到跟我拧着来的人，我也就横起来，不管不顾了。人有时候，真的是一种情绪化的动物，甭管多大岁数，都爱耍。

一旦出现裂缝，局势就面临改变。墙有了裂缝，光能过来；水果有了裂缝，离坏掉不远了。我和白莉的裂缝就是这时候产生的，突然让我有种一天行至午后三四点的感觉，而此前的日子像是活在上午九十点钟，感觉有很多美好的事情可以去做，下午四点则扼杀了种种可能，毕竟用不了多久，天就该黑了——人一过四十五，只剩一条下坡路可走。白莉的妈妈这个时候病了，她把精力都放在照料上，我认为我俩从心理到空间上离得越来越远，是基于以上的原因。哪怕如此，我也没想过和她一刀两断，男人生活里总是需要个女人的，很多事情自己搞不定，有个女人就方便多了，像头疼脑热吃什么药，我永远搞不清楚，白莉在我就省事儿多了，药粒放我手里，我看都不用看，往嘴里一送，一仰脖儿，就等着病好了。两口子过日子没有不磕磕绊绊的，我身边同龄的人，到了这岁数两口子分居的有的是，所以当时我也没觉得我俩之间出什么大问题。直到受审的时候才知道，其实根本的原因是她觉察出我跟她弟弟的死有关。

白莉的妈生病期间信了佛，寻求佛祖保佑，人处于危机，都会找个东西抓住。白莉受母亲影响，加上在西班牙买房后——她也拿了绿卡——接触了一些外国老太太，开始在朋友圈发一些天堂地狱什么的东西。不知道是她年纪到了，还是生活在外国的人都流行信点儿什么，有那风气，她开始爱去教堂了。回国后，我们这个市里也有俄国人当年建的教堂，她也去那儿拍了照，发朋友圈说在这儿生活快五十年了，第一次走进这座教堂，太不应该了，但能来就不晚，一番感慨。

我俩这时候的来往虽然不像以前紧密，也会每周发发信息，主要是我给她发，男人的生活里如果没个能说说话的女人会无聊死的，指不定会干出什么事儿，白莉是那个能带给我稳定感的女人，即便我俩没走到一起，但这种感觉不会变。其实我想过，退休后去西班牙找她，不怕您笑话，我做过上门女婿，没觉得有什么丢人的，所以将来去西班牙住白莉那，我也没心理障碍。我以前用她账号帮我转账，每转一笔想给她留一些，其实是给我俩留的，我对自己账户里的钱能不能留到最后挺没信心的。

当时从白莉回复的信息看，跟以往没什么两样，只是偶尔夹杂些云山雾罩的话，那些话我估计不是耶稣就是上帝说的——到这时候我才知道，耶稣是上帝的儿子——也有她所在区的牧师说的，话的大意就是宣扬对人类的博爱。我知道她有了去教堂的新爱好，看到这些话后也没多想，就是回复个表情。

后来她又开始跟我说，试图原谅把她弟弟引上邪路的那些朋友，记仇显然不是对人类的博爱。我对她说的这事有点儿怀疑，人真能那么容易就原谅人吗——那全人类早就和平共处了，也不会有战争；一战、二战、海湾战争，不都有信教的民族和士兵参加吗？现在回想起来，白莉这么说，是在给我输入新价值观；但我思想境界没到那份儿上，接不住。搁现在，凭我目前的觉悟，说不定会找一个人少的时间，跟她一起去趟教堂，在那些雕像下面，看着她的眼睛对她说："跟你说个事情……"然后根据她的反应，决定要不要继续说下去。可我当时没有现在这种心境，也没看现在看的这些书，对了，我的这些书也是她寄来的，还附了一张纸条，说会在外面等着我，我算了算我出去的时候我俩的年纪，不知道那时候她会变成什么样，真能等下去吗……

6

卢作家看了眼表，还有二十分钟就到规定的结束时间，她知道在这儿必须严格按约定好的时间行事，她想听到有头有尾的讲述，于是打断霍某：

"我们只有二十分钟了，可以抓您认为主要的经过说吗，让我对您的事情有个全貌了解。"

"好，我尽量十分钟说完，再给您留出十分钟提问。"霍某说。

知道这是霍某多年在职场说话形成的惯性。卢作家点头笑了。

还是说说我亡妻她家吧，她那个舅舅，就是帮我解决了工作、退休前在市里当领导的舅舅，在他七十岁的时候，中风了。命是保住了，话说不出来，丧失活动能力，每天坐在轮椅里，瞪着一双呆滞的眼睛，疑惑地瞅着这个世界，家人困惑地瞅着他。昔日那个经常出现在电视上的英姿勃发的身影，变成让人难以相信和面对的身形。

不得不承认，人是有命数的。这个舅舅有两个孩子，大的是女儿，小的是儿子。女儿在市医院，已经退休，拿着稳定但不高的退休金；儿子做生意，他爸爸在职期间，给他带来不少便利，但是这几年，随着他爸退休以及市场风向变了、玩法变了，买卖做得越来越差劲。更严重的事情发生了，这个女儿的儿子，也就是舅舅的外孙子，杀了人。那年外孙二十岁，省城读大学，谈了个女朋友，一年后女孩移情别恋，转和另一个男同学好了。舅舅的外孙咽不下这口气，在宾馆里把这个女孩杀了，当时女孩和那个男同学刚开了房，男同学下楼买饭的时候，舅舅外孙上去了，敲开门，把女孩按在床上，执行了早已计划好的事情，然后离开宾馆，直奔火车站。等那男生买饭回来，用房卡打开门，眼前的一幕让他木掉了，女孩一动不动躺在殷红的床铺上，没粘上血的床单还是雪白雪白的。他赶紧报了警。事情隔天就上了本地新闻的热搜，第三天外孙被警察从外地带回，进入公诉庭审。受害女孩来自本省的一个乡，家属提出巨额赔偿，如果被告方接受，量刑时对此会予以考量。我被叫去舅舅家，屋里全是老婆家这边的亲属，召集众人的目的很简单，凑钱。但没人接话，都是顾左右而言他，干耗着。

我环视屋内，我老婆的哥哥和妹妹也在，他们见到我除了客套没有其他行为，从我这儿借走的钱至今未还，指着他们为舅舅的外孙掏钱，可能性不大——否则该怎么解释手上有钱却不还我的事实？其他亲戚的情况我或多或少有所了解，都苟延残喘地活着，普通老百姓大多都是这样，他们除了有充裕的时间和无尽的亲情可以付出，想靠他们解决根本问题，别无指望。舅舅坐在轮椅里一言不发——以往他是这个家族的主心骨，逢年过节都是他主持家庭聚餐，现在他说不出话了，这个家族也成了一盘散沙。

我是一个外姓人，跟他们没一点儿血缘关系，此刻替这个家族悲哀。与此同时，我升起一种胜利感。直到走出这个家门，我才意识到，胜利是伴随我心底的那个想法出现的——那个想法让我在这个家族的人们面前突然站了起来，撕下那天的日历，刺啦一声让屋里安静下来。我把日历纸拍在舅舅女儿面前，也就是杀人少年的母亲面前，让她写下自己的银行账号。我跟她说，回头我会把钱转给她，没等她确认会转来多少钱，我便揣着这张纸告别了屋里的这群人。

走在阳光下，一个强烈的感受挥之不去：人没有捷径可走，有的只是不知为何会落在你身上的使命。三十年前，我为了人生更高效，娶了后来的老婆，如我所愿，她舅舅把我调去县里，然后一步步高升，有了一些权力，改善了生活，摆脱了贫苦——也帮我的兄弟姐妹摆脱掉。当初正是因为我的弟妹在家务农，让我有了上高中的机会，为我进入县委工作提供了学历保障；我也深知，靠一个锄头一个锄头地劳作是无法改变命运的，我的爷爷这样，我的爸爸这样，到了我们这一代还是这样，我必须得走出去。婚姻让我成功地离开了乡村，哪怕婚姻生活并不幸福，我也觉得这步走得特别对，但是那天我走出老婆舅舅家的时候才认识到，这步棋并不是我走出来的，而是我成了棋子，被人走了一步。就像电影里说的：出来混，总是要还的。所以我认为老天爷跟我开了一个大玩笑，专门派我到这个家族中去帮着还债。

因为攀了高枝，我在这个家庭里一直言听计从，低声下气，很不舒服，有了枪眼儿还得我去堵；三十年过去了，让我爽一次的机会来了，当这个家族处于瘫痪的时候，我站了出来。终于可以在这家人面前挺直腰杆——但我并没有选择昂起头走出这个家门，还是像以往那样不动声响地离开了——成了一个可以自主的人。当然，为之付出的代价是我把海外账户上仅有的三百万转了出去。那孩子最后被判了十六年，在里面表现好的话，十年就能出来，到时候三十岁，一切还可以重新开始。这时候我即将五十五岁，准备退居二线，除了县委分的那套房，一无所有。现在还有十分钟，您提问吧……

"恕我直言。"卢作家说，"卷宗里提及另一些钱，您转给自己这边的亲属了，他们却没有退还，这也影响到量刑，为什么他们会这样呢？"

霍某苦笑道："因为他们没钱。"

"您转给他们的数额并不小。"

"那也是堵窟窿，我亲弟和亲妹，现在也都是过了五十岁的人了，在镇上讨生活，磕磕绊绊，谨小慎微，却还是被骗了几次，本来就家底薄，骗完瞬间债台高筑，又得靠我出手。"

霍某喝掉杯中的最后一点儿水继续说：

"其实我不太敢做一个坏人，那是需要胆量的，我并没有那个胆儿，都是被逼的，一步步走到现在。"

"他们大概是怎么被骗的呢？"

"无外乎非法集资、P2P、网络刷单返利，其实是同一个套路，换了外包装，三番五次地骗——利用投资者急于致富占小便宜的心理——这些年里，好像能从这些事件中逃离的中国家庭并不多。"

卢作家深以为然地点着头。

"看来您也中过招儿。"霍某释然地笑，"我因为工作忙，没闲心顾及这些，也就逃过一劫，但我那些还在小康线上挣扎的亲友，无一幸免。进到了这里面，每晚我就琢磨这三十年的轨迹，发现并不复杂——我被亲友骗，他们被骗子骗，骗子被大骗子骗，然后大骗子被抓到，说钱花了，但用不了多久，市面上新的一轮骗局又开始了。人类一直在科技和骗术这两件事儿上

推陈出新。说了归齐，我们都是被欲望骗了，也被生活
骗了。"

"非常感谢您对我说了这些。"卢作家摘下眼镜。

"也谢谢您，让我有了发露的机会。"此时的霍某比
起刚坐下的时候，人软和了许多。

"我努力不辜负您的信任。"卢作家站起身把手伸向
霍某，"我在外面等您相聚。"

"您的书肯定比我先出来，希望大卖，别忘了寄一
本给我。"霍某和卢作家握了手，然后随着管教离开了
这间接见室。

卢作家整理随身物品的时候，狱长进来了，坐在刚
才霍某的位子上，问她聊得怎么样。卢作家点点头，表
示感谢，体会颇多。组织部给卢作家批了两个半天的
采访，狱长问卢作家下一个半天怎么安排。卢作家说想
先看看那名叫马冬的服刑人员的材料，然后再决定找谁
采访。

"那您只能在这儿看。"狱长有言在先，"您理解一
下。"

"我知道，谢谢您。"卢作家说，"不会耽误您下班
吧？"

"这儿二十四小时有人。"狱长安排人去找马冬的资料，然后邀请卢作家，"我们这儿有食堂，不介意的话，可以在这儿先吃晚饭。"

"吃完饭我能在这儿多待一会儿吗？"

"这间屋子您随便用，晚上熄灯前离开就可以。"

7

晚饭后，卢作家又回到这间接见室。马冬的资料已经摆在她刚刚坐的桌上，半尺厚，复印的。

卢作家看了看手腕上的表，傍晚六点半。她从包里取出速溶咖啡，撕开，倒进杯里，出去接热水。

重新端着杯子进来后，不大的房间里很快飘浮起咖啡的香气，尽管是速溶的，仍不失浓郁。卢作家戴上花镜，翻开面前的资料，打算从马冬和霍某相识的部分看起。

她翻到的那页，正是马冬获省十佳优秀公安的信息，又往前翻了几页，突然，一些熟悉的东西出现了。卢作家像人工智能扫描敏感词一般，瞬间捕捉到那些东西，她看了几眼，又把资料往前翻了三页，更多熟悉的东西出现了。此刻她已不那么关心马冬和霍某的相识，而被马冬之前负责的另一案件拽了进去，于是索性从第一页开始看起。

从未有过一本书上的文字如此吸引着她。杯中的咖啡已经凉了，一口未喝。

她一直看到马冬和霍某的相识，然后往后翻了若干页，又看到前一个案件里的人物出现了，在行文中，这个人以"董某"的方式出现。她盯着这两个字一直看下去，直到最后一页翻完，然后仰靠在椅子上，闭起眼睛。

不知道什么时候进来了人，悄声来到卢作家的身旁，轻轻问道：

"您是累了吗？"

卢作家没有回应。她不知道有人进来了，也没有听到问话，正陷入无尽的回忆：很多年前，曾经有个姓董的高个子男同学为了追求她，毕业后来到她所在的小城，也就是今天这座像模像样的城市，现代文明已无孔不入，毫无半点当初的痕迹，连那时候的气味也消散得无踪无迹，更复杂的味道和生活出现在这里，她亦迎来了自己的暮年……但这个经历，在今天，此刻，正鲜活地在她脑海中翻滚。或者说，始终不曾忘记。

　　卢作家确实累了。需要在这儿多坐一会儿，才能离开。

图书在版编目（CIP）数据

斜塔 / 孙睿著 . -- 北京：作家出版社，2023.4
ISBN 978 - 7 - 5212 - 1961 - 6

Ⅰ . ①北⋯　Ⅱ . ①孙⋯　Ⅲ . ①长篇小说 – 中国 –
当代　Ⅳ . ①I247.5

中国版本图书馆 CIP 数据核字（2022）第 125473 号

斜 塔

作　　者：孙　睿
责任编辑：李宏伟　秦　悦
装帧设计：合和工作室
出版发行：作家出版社有限公司
社　　址：北京农展馆南里 10 号　　邮　　编：100125
电话传真：86 – 10 – 65067186（发行中心及邮购部）
　　　　　86 – 10 – 65004079（总编室）
E – mail: zuojia@zuojia. net. cn
http: // www. zuojiachubanshe. com
印　　刷：北京盛通印刷股份有限公司
成品尺寸：130 × 185
字　　数：116 千
印　　张：7.375
版　　次：2023 年 4 月第 1 版
印　　次：2023 年 4 月第 1 次印刷
ISBN 978 - 7 - 5212 - 1961 - 6
定　　价：50.00 元